メディアワークス文庫

江の島ひなた食堂

キッコさんのふしぎな瞳

中村 一

目次

その子はベンチに座って、小さな肩を震わせ、泣いていた。

僕よりも小柄で、年下だと分かった。頭に黒いキャップを被《かぶ》っている。

普通なら、声をかけたりしない。そんな勇気はないもの。

けれど、その子の泣きじゃくる姿を見ていると、こちらまで心細くなった。

「……ねぇ、だいじょうぶ？」

気づけば自分から近づいて、話しかけていた。

その子はこちらの声に気づいて、顔を上げた。綺麗《きれい》な瞳が、透明な涙に濡《ぬ》れている。

しゃくりあげながら、こちらをまっすぐに見返すと、

「……だいじょうぶ」

と、か細い声で答えた。

僕は迷った。大丈夫と言うけれど、このまま放っておけない。

辺りを見回してみたが、駆け寄ってくる大人の姿はなかった。

僕よりも幼いこの子が、ひとりでこんな場所にいるのは変だ。一緒にいた大人と、はぐれてしまったのだろうか。

「じゃあ……」

僕はいいことを思いついた。

「いま、困ってる?」

するとその子は、ぽかんとした顔で僕を見た。

「……うん」

濡れた両目を手でこすってから、その子は答えた。

「ひょっとして、迷子になった?」

しばらくしてから、その子はこくんと頷《うなず》いた。

だったら、やることは、ひとつだ。

手を差し伸べる。その子は、僕の手をじっと見つめている。それから僕の顔を見た。

すかさず、にっこり笑ってみせる。上手《うま》く笑えたかな。

やがてその子は、おずおずと手を伸ばしてきた。僕はその子の手を引いて、ベンチから立ち上がらせた。

「行こう。こっちだよ。近道があるんだ」

その子の手はとても小さくて、柔らかかった。いつしか泣《な》き止《や》み、黙ってついてくるその子の手を、僕はぎゅっと握る。少しでも、安心してくれたら嬉《うれ》しいと思った。

「大丈夫。おまわりさんのところに行こう。きっと大人を探してくれるよ」

繋《つな》いだ僕の手を、その子がぎゅっと握り返してきたのが、分かった。

ふたりで、綺麗な石畳が敷かれた道を、黙って下ってゆく。
顔を上げると、茂みの切れ目から、青く澄んだ海と空が見えた。

第一話　木漏れ日とオムハヤシ

「ごちログのレビュー、見た？」

カウンター席の端に座る坂倉瑛介《さかくらえいすけ》が、その童顔に笑顔を浮かべた。小柄で小太りの彼は、ふっくらと丸みを帯びた手のなかにあるスマホを見ている。

瑛介はグルメレビューサイトに書かれたコメントに目を留めたらしく、面白そうにそれを読み上げ始めた。

「『ひなた食堂。名前がカワイイ。若い女性に人気がありそう。料理は普通に美味《おい》しい』だってさ」

カウンターのなかに立つ神保《じんぼ》まひろは盛り付けの手を止めると、目だけを動かして瑛介を見た。

「……料理が美味しい、をおまけみたいに書くな」

彼はすぐに視線を手元に戻し、仕事を再開する。

黒の和帽子に作務衣《さむえ》、藍色の前掛けを締めたまひろは百八十センチ近い長身で、背を丸めて目の前の料理に全神経を集中させている。刺すような眼光は「目つきが悪い」を軽く通り越して「凶悪」と言っても差し支《さ　つか》えないほどだ。

十年来の友人のそんな姿に、瑛介はどこか嬉しそうに微笑《ほほえ》むと、スマホをくるりと回してからカウンターに置いた。

「いやいや、僕が書いたんじゃないよ。リアルなお客さんの声」

そして座ったまま上半身をひねり、店内を見渡す。

「若い女性に人気がありそう、ねぇ？」

L字型カウンターの反対側の端に、今来たばかりの客がひとり。テーブル席に先客がひとり。ともに、中年の男性だ。

「平日の夜だし……、こんなもんだろ」

まひろはぶっきらぼうにそう言うと、菜箸を置き、どこか満足げな表情を浮かべる。

そして、それをすぐに消し去ると、完成した一皿を提供台にそっと載せた。照り輝く茄子《なす》の揚げ浸し。糸のように細く切られた白髪ねぎが美しく盛られている。

「……キッコ、頼む」

まひろの呼びかけに応えるように、カウンターの奥からすらりとした体軀《たいく》の女性が出てきた。ひとつに縛った金髪が短いしっぽのように、あらわになった白いうなじのところで跳ねる。

「可愛《かわい》い女子がどうしたの？」

ジーンズに黒いポロシャツ、頭にバンダナを巻いた彼女は、手にしたお盆に料理を載せると、ちらりとまひろを見た。

「…………」

彼女には一瞥《いちべつ》もくれず、次なる料理に取り掛かるまひろ。キッコは首を傾《かし》げて彼の顔を遠慮がちにのぞき込んだ。

「まひろって、可愛い女子に興味あるの？」

「早く持ってけ。冷めるだろ」

キッコは小さく肩をすくめると、お盆を手にテーブル席のひとつへと向かった。客の前に料理を置いて、二言三言会話を交わしている。こちらに戻ってくると、瑛介をじっと見た。さっきと同じ質問が今度は自分に向けられていると気づいた瑛介が、慌てて答えた。

「……えっと、小学校からの腐れ縁の立場で言わせてもらうと、まひろがいわゆる

『可愛い女子』と楽しそうに交流してるとこは、見たことないなぁ」

キッコは表情を変えずに瑛介をじっと見たまま、ぽつりと言った。

「可愛い女子にエヘエヘしてる、まひろ……」

「それは……、まひろじゃないな」

頷き合うふたりに向けて、まひろがため息をついた。

「『店の名前が可愛くて、若い女性に人気がありそう』。……『可愛い女子』なんて単語は、一度も出てない」

キッコが少しも驚いていない声で言った。

「合体させちゃった」

「言葉の錬金術師だねぇ、キッコちゃんは」

眼前で展開されるゆるいやり取りに、まひろがふんと鼻を鳴らした。

コップのビールを飲み干した瑛介は口元に微《かす》かな笑みを浮かべると、それをコツンとテーブルに置き、小さな吐息をついた。

キッコがその瞳に透明な光をたたえて、瑛介の横顔を見つめている。

「……えいちゃん、おつかれさま」

いきなりそう言われて、瑛介は戸惑った表情を見せた。

「え？　あぁ、ありがとう」

「お店、たいへん？」

瑛介はこの近くで、小さな洋菓子店を営んでいるパティシエなのだ。

「そうだねぇ。考えることは、いくらでもあるからなぁ。製菓だけに没頭できるといいんだけどね」

キッコは小さく頷いた。口を開きかけて、なにかを言いよどみ、また口を閉じた。

瑛介はそれに気づかず、明るい声で言った。

「ま、こうしてここで息抜きできるから、大丈夫だよ」

「……そう。よかった」

キッコがどこか儚《はかな》く、うっすらと笑った。

まひろはボウルのなかに割り入れた卵を菜箸でかき混ぜている。

彼が切り盛りするこの店の屋号は、『ひなた食堂』という。

元々は、若くして都内の有名ホテルで料理長をしていた父、神保克行《かつゆき》が独立し、地元湘南《しょうなん》で開いた小さな個人食堂だ。しかし、その父が脳梗塞で倒れてしまった。幸い一命は取り留めたが、現在も入院しながらリハビリを続けている。

父が再び包丁を握れるようになるまでの間、一人息子であるまひろは『期間限定の店長代理』として、ひなた食堂の厨房《ちゆうぼう》に立っている。

　昨年まで都内でひとり暮らしをしながら大学に通っていた彼は、一般企業からもらっていた内定を蹴って休学し、今ここにいるのだ。

　料理一徹の父が開いたひなた食堂は、江ノ電江ノ島《えのしま》駅から、江の島へと続く『すばな通り』の途中、細い脇道に入った少し目立たないところにある、地元の優良店。昼は安価な定食を、夜は酒飲みが喜ぶ酒の肴《さかな》を提供する、地味だけれど客に愛される店。

　そう呼ばれていた。

　けれども彼女がまひろの前に現れてから、少しずつそれが変わってきたのを感じる。

　カウンター奥、冷蔵庫の前で突き出し用の切り干し大根をタッパーから器に盛り分ける金髪の彼女の名は、水島季湖《みずしまきこ》という。

　キッコは、この店のアルバイト店員で、今や看板娘と言っても差し支えない。

「ねえ、まひろ」

　キッコの呼びかけに、まひろは我に返る。手を止め、目だけを動かして彼女を見た。

「まひろパパ、元気かな？」

「……さぁな。スマホは渡してるけど、自分から進んで使うとも思えん。病院から連絡が来ないってことは、まぁ生きてるだろ」

「冷たいなぁ」

キッコがわずかに頬を膨らませる。

それから心配そうな顔で、続けた。

「談話室ならスマホ使っていいし、時々は連絡してね、って言ったんだけどな」

「老人には、どだい無理な話だ」

まひろは冷笑するように肩をすくめてから、仕事を再開する。ちょうどそのとき、入り口の引き戸が音を立てて開いた。

「咲歩《さきほ》ちゃんに璃子《りこ》ちゃん。いらっしゃい」

キッコの声がわずかに弾む。来店したのは同じ制服を着た二人組の女子高生だ。

「あー、おなか空《す》いた。もうだめ。キッコさん、ここいい？」

「どうぞ。お冷、持ってくね」

黒髪ボブで少しシャープな顔立ちの田島《たじま》咲歩が、テーブル席にどさりと腰掛けた。

「オヤジ臭いなぁ」

明るく染めたセミロングの毛先を指で弄びながら、新城《しんじょう》璃子が苦笑する。落ち着いた所作で、咲歩の向かいの椅子に座った。

そこへキッコが、水の入ったコップをふたつ持ってきた。

「お疲れさま。部活だったの？」

「ううん。今日は補習。からの、図書室で勉強。すごくない？」

顔をしかめてそう言って、咲歩はコップを摑《つか》み、勢いよく水を飲み干した。

「璃子ちゃんに勉強、教わってたのかな？」

「さすがキッコさん、分かってるなぁ」

璃子が上品に微笑んだ。

キッコは空になった咲歩のコップに水を注いでやりながら訊《き》く。

「注文どうする？　いつもとおんなじ？」

ふたりはしばし顔を見合わせてから、声を揃《そろ》えて宣言した。

「「いつものアレ、お願いします！」」

注文を受けたまひろは、カウンターのなかで素早く動き出した。

ひなた食堂が提供しているメニューの数は多い。一般的な定食屋、居酒屋メニューだけでなく、洋食の選択肢も豊富だ。代理とはいえ現在の店主たるまひろが固定化したラインナップで満足することなく、探究を続けていることの賜物《たまもの》だ。

ほどなくして、提供台に温かい料理が並べられる。キッコがそれを盆に載せて、女子高生たちのテーブルへと運んだ。

「おまちどおさま」

「わーい、いただきま〜す！」

嬉々《きき》としてスプーンを手にした咲歩の前に置かれたのは、真っ白な平皿。湯気を立てながら、照明の光を受けて照り輝くチキンライスに、すべすべとした形の良いオムレツが載っている。

咲歩は期待に顔をほころばせながら、トマトケチャップのかかったオムレツにスプーンの先でそっと切れ目を入れた。

その途端、まるで美しい花の蕾《つぼみ》が開くようにオムレツが割れ、なかからトロトロの半熟卵が溢《あふ》れ出《だ》し、ふわりとチキンライスを覆った。

「はわ〜！　美味しそう……」

その完璧な光景に、咲歩が歓声を上げた。黄金色の半熟卵から、どこか甘い香りが立ち昇る。黄身と白身の美しいグラデーションが、目をも幸せにしてくれる。

スプーンですくって口に入れると、最初に卵の優しい甘さが広がり、ケチャップの程よい酸味と混ざり合う。続いて存在感を増してくるのは、チキンライスのしっかりとした味だ。上質な鶏《とり》もも肉の旨味《うまみ》と、絶妙な歯ごたえを残した刻み玉ねぎの甘み。

濃厚な味わいが卵によって優しくまとめ上げられ、全体で非の打ち所のないハーモニーを作り上げている。

「ん〜、美味しすぎ!」

嬉しそうにオムライスを頰張る咲歩を見てくすりと笑ってから、璃子がフォークを握った。

彼女が手にした小鉢には、みずみずしいサニーレタス、スライスオニオン、水菜のフレッシュサラダ。フライドガーリックを砕いたものがアクセントに散りばめられ、フレンチドレッシングが回しかけられている。口に運ぶと、ひと嚙《か》みごとに新鮮な食感が弾《はじ》けて、嬉しくなった。緑の野菜からは仄《ほの》かな甘味すら感じられ、ドレッシングの酸味と合わさって口のなかで踊っている。

しばらくそれを楽しんでから、璃子はフォークをスプーンに持ち替える。

彼女は自分の前に運ばれた料理を眺めて、ほぅとため息をついた。

楕円《だえん》形の皿に形よく盛られたサフランライス。柔らかく煮込まれた牛肉と、大きなくし切り玉ねぎがたっぷり入ったルーが添えられている。鮮やかな緑をした一房のブロッコリーと、厚めの輪切りの人参《にんじん》が、まるでケーキの飾り付けのように皿を彩っている。

璃子がその特製ハヤシライスをスプーンに載せて口へ運ぶと、香ばしいデミグラスソースが鼻に抜け、続いて牛肉の濃厚な旨味が広がった。さらに、歯ごたえが消える直前まで火が通り、甘みが最大限引き出された玉ねぎが舌の上でほどけ、サフランライスの上品な香りと混ざり合う。

「……はぁ。最高」

璃子は穏やかな笑みを浮かべて、小声でぽつりと呟《つぶや》いた。

カウンターに戻ったキッコは、そんな彼女たちの様子を満足気に眺めている。まひろはといえば、瑛介の注文に応えるために、刺身包丁を振るっていた。

やがて咲歩と璃子の食事が終わり、空になった食器をキッコが下げたところで、彼女たちのテーブルから弾けるような声が聞こえた。

「……嘘《うそ》でしょ⁉」

驚きと喜びの混じったような声を上げたのは、咲歩だった。

「待って待って待って！　この流れで言うようなこと？」

「じゃあ、どんな流れで言えばいいの」

対する璃子は、あくまで澄まし顔だ。

「いや、だってさぁ……。えぇえ⁉」

キッコはふたりのテーブルへ近づいた。

「どうしたの？」

すると咲歩が、勢いよく振り向いた。

「聞いてよキッコさん！　璃子がさぁ！」

「言っちゃうんだ」

璃子が苦笑する。我に返ってあたふたとする咲歩を見て、すぐに璃子が言い直した。

「ま、いいけど。別に隠すことだとも思ってないし」

「……えーっと」

咲歩が言いよどみながら璃子の様子をうかがうが、璃子は微笑を浮かべたまま、微かに首を傾げてみせた。

「璃子が……、告白するって……」

その単語を聞いた途端、キッコの両目がすっと細められた。

先を促したわけではないが、どこか呆然《ぼうぜん》とした咲歩が続ける。

「上原翔太《うえはらしょうた》っていう……、あたしの幼馴染《おさななじみ》がいるんだけど……。ねぇ、嘘でしょ？　璃子が？　翔太を？　……いや、こう言っちゃなんだけど、あいつ別に、取り立てて……。あぁいや、ねえ？　うん、えっと」

「『どこがいいの？　あんなヤツ！』くらい、言うかと思った」

「言いそうになったよ！　ほとんど言いかけてたよ！　……あ、いや、ごめん」

狼狽《ろうばい》する咲歩を前に、璃子は柔らかな笑顔を浮かべた。

「だって、しょうがないでしょ。好きになっちゃったんだから」

どこか遠くを見つめながら、少しだけ潤んだ瞳で璃子が呟く。

向かいに座る咲歩はどこかショックを受けたような様子で、友人を見つめている。

「……」

キッコが咲歩の横顔に釘付《くぎづ》けになっていると、意を決したように彼女が口を開いた。

「璃子と翔太って……、よく話したり、するんだっけ？」

「ううん。あんまり。それこそ咲歩経由くらいでしか、接点ない」

「あ、あいつ、いい加減だし、ヘタレだし……、璃子には、その、もったいないっていうか」

「なにそれ。上から目線」

「ご、ごめん。そういうわけじゃ」

ぎこちない咲歩に、ニコニコと微笑む璃子。

やがて璃子がスマホを取り出した。二人を見守っていたキッコに、画面を見せる。

そこには制服姿の少し眠そうな顔をした男子が写っていた。

「翔太くん？」

キッコが璃子に訊くと、彼女は頷いた。

「うん。カッコいいでしょ？」

「かっ、カッコ……、いい？」

顔を引きつらせる咲歩を見て、璃子がくすりと笑う。

「さっきから変だよ？」

「だ、だって！　璃子が変なこと言うから！」

急に、璃子が真顔になった。

「好きな人の話するの、そんなに変？」

そのあまりに真剣な眼差《まなざ》しに、咲歩が口ごもった。

「や……、その」

萎縮するように肩をすぼませてから、どこか落胆したように俯《うつむ》く。

「……ごめん。どう反応したらいいか、分からなくて」

咲歩の声は、あまりにも、か細かった。

璃子は言葉を返さない。咲歩は慌てたように言葉を続けた。

「そ、そういうのってさ、誰かに話したりするもの？」

「私はするものだと思ってるし、咲歩には聞いてもらいたいから、こうして話してる。咲歩は違う？」

「……分かんない」

「それとも」

璃子は少し溜《た》めてから、こう続けた。

「……翔太くんの、ことだから？」

しん、とわずかな沈黙が訪れる。ほどなくして咲歩の乾いた笑い声が、それを破った。

「え？　なにどゆこと？　ちょっと意味が分かんない」

璃子は視線を逸《そ》らさない。咲歩も口を閉じずに言葉を続ける。

「まぁ、ちょっとテンパっちゃったかな。……うん、まぁ、人の好みは、いろいろだもんね！　ねぇねぇ璃子、それよりも明日の部活のことなんだけどさ」

ことさら声を大きくして、半ば無理やり話を変えた咲歩の横顔を、キッコはカウンターの傍《そば》まで下がって、じっと見つめた。キッコのブラウンの瞳に、どこか透き通った不思議な輝きが宿る。

キッコには、視《み》えるのだ。

咲歩の内側にある、『心のさざめき』のようなものが。それは咲歩のまわりにも、微かに放出されている。普通の人間ならば気づかない。しかし、キッコは生まれつき、人の感情に関して極めて感度の高いアンテナを持っている。

高性能の電波望遠鏡が、遥《はる》か彼方《かなた》の銀河から届く電波をキャッチできるように、人が抱く強い感情の波長を感じ取ることができるのだ。


「ねぇ、まひろ」

まひろは手を止めて、顔を上げた。

キッコが言いにくそうに口ごもり、それから意を決したように口を開いた。

「……咲歩ちゃん、辛《つら》そうだった」

キッコが今、咲歩の思いを『視ていた』らしいと理解したまひろは、ぐっと顎を引いた。それから、瑛介には聞こえないような小声で言った。

「そう感じるのはお前の自由だ。……感じるだけならな」

「余計なお節介焼くな、って？」

「さぁな。それはお前が決めることだ」

まひろは静かにそう言って、調理に戻った。

キッコは痛みを堪えるような表情を浮かべて、テーブル席を見る。咲歩と璃子はいつの間にか、普段の和気あいあいとした雰囲気に包まれて、楽しそうに笑い合っていた。

＊

翌々日、平日の午後。

ランチ営業を終えて、夜の仕込み中のひなた食堂に、思わぬ来客があった。

「こんちは。……神保さん、いますか？」

黒板におすすめメニューを書いていたキッコが、手を止めて顔を上げた。

パーカーにジーンズ姿の、眠そうな目をした男子が、戸口に立っている。高校生くらいだろうか。伸びた黒髪には少し寝癖がついており、全体的に垢抜《あかぬ》けない印象だ。

「はい。えっと……、ちょっと待ってください」

キッコがカウンターの奥へ声をかけると、まひろが手を拭きつつ、厨房から出てきた。彼は来客の姿を認めるなり、表情を和らげる。

「あぁ、上原《うえはら》旅館の。どうしたんだ？」

「これ、商店組合の連絡です。今度、バザーやるって決まったんで、そのお知らせ」

クリアファイルに入った資料を受け取って、まひろがそれに目を通す。

キッコがまひろの手元をのぞき込んだ。

「ステージライブ。扇子手作り体験。盆栽コーナー。……楽しそう」

「これ、組合のお偉方が考えたのか？」

まひろの問いに、高校生は少し照れくさそうに答えた。

「企画したのは青年会です。一応、俺も入ってるんですけど」

「なかなか渋いところ狙ってるな」

「ええ、まぁ……。うちの旅館もそうだけど、自分ちの店を引退して、暇してる爺《じい》ちゃん婆《ばあ》ちゃん増えてきたから、なにか楽しめて、元気出るようなイベント、やりたいなって思ってて。……バザー以外にも、いろいろ考えてるんです」

そうして彼は、ひとり暮らしをしている老人たちに向けたケアの構想について話してくれた。

「弁当を届けるっていうの、やってみたいんです。弁当屋のおばちゃんも協力してくれそうだし。ひとり暮らしになると食事が手抜きになっちゃうって言う人多いし、爺ちゃん婆ちゃんの家まで届ければ、元気かどうか、確認できるし」

地域の高齢者を思いやる純粋な気持ちに、キッコは目を細めた。

用を終えて帰っていく彼の背中を見送りながら、まひろが呟く。

「見上げたもんだ」

「すごいね。あの子、どこかのお店の子？」

「あぁ。ここから江の島に向かって、すばな通り抜ける手前で、右手に上原旅館ってのあるだろ？　翔太はそこの一人息子だ」

「上原旅館の、翔太くん」

キッコはそこで、はたと気づいた。

「上原、翔太くん？　……こないだ咲歩ちゃんと璃子ちゃんが話してた？」

回れ右して厨房へと戻るまひろが、そっけなく答えた。

「だったら、どうなんだ」

「気になる……」

眉毛をハの字にしてキッコが漏らした言葉に、まひろはそっとため息をついた。

＊

それから一週間ほどが経《た》った。

火曜、ひなた食堂の定休日。キッコとまひろは江ノ電の藤沢《ふじさわ》駅にいた。店の備品買い出しのため、朝からいろいろな店舗を回ったふたりの両手には、大量の買い物袋が提げられている。

「うう……、手が痛い。だから車にしようって言ったのに」

「ないな」

「あるでしょ？　お店の白い軽トラ」

「あれは親父《おやじ》のだ」

「貸してくれないの？　まひろパパ」

訝《いぶか》るような表情を浮かべるキッコに向けて、まひろが苦々しげに言った。

「……運転する手がないんだよ」

キッコはしばらくぽかんとしていたが、やがて意味を理解したらしく、おお、と声を上げた。

「まひろ、免許持ってないの？」

「大学入ると同時に都内でひとり暮らし始めて、車なんか要らなかったからな」

「なるほど」

「そういうお前はどうなんだよ」

「わたし？　持ってるように見える？」

あっけらかんと言うキッコに、まひろはげっそりした顔で呟いた。

「……なんという生産性のない会話だ」

「にしても、暑くない？　まだ五月なのに」

「新緑と木漏れ日の爽やかな五月ばかりじゃないさ」

「リリカルだなぁ」

含み笑いをするキッコを見て、まひろは後悔する。

「江ノ電、まだ？」

「あと三分だ」

そのとき、キッコがはっと息を飲んだ。見れば、ホームの奥のほうを凝視している。

すると彼女は小さく肩をすぼめるようにして、まひろの陰に隠れた。

「……なにしてる」

「咲歩ちゃんと……、翔太くん」

キッコが小声で言いながら、まひろの肩越しにそちらを見やる。つられるように目を転じれば、確かに田島咲歩と上原翔太だ。ふたりはホーム端のベンチに並んで座り、ドリンクやスマホ片手になにやら話をしている。ふたりとも制服姿で、傍らには通学カバンが置かれている。学校帰りなのかもしれない。

「璃子ちゃんは……、いないのかな」

「帰る方向が違うんだろうよ」

「ふたりは幼馴染、って言ってた」

咲歩と翔太は時折笑いながら、軽口を叩《たた》きあっているように見える。と思えば、スマホから目を離さずぶっきらぼうな様子で返事をしたり、お互いスマホに集中して会話が全くなくなったり、飾らない自然体な雰囲気を醸し出している。

「……なんでこんな、盗み見みたいな真似《まね》……」

唸《うな》るようなまひろの声は、そこで途切れた。

キッコのブラウンの瞳に、どこか透き通った不思議な輝きが宿っている。

まひろには分かった。彼女が今、『視ている』ことを。彼らの心のさざめきを、研ぎ澄まされた特殊な感覚でキャッチしようとしているのだ。

「お前……、また……」

まひろは非難めいた声を上げようとしたが、それは霧散してしまう。彼女が『視ている』ときの瞳は、言葉にできない引力で彼の意識を捉えるのだ。

やがてキッコが、ふぅと短く息を吐いた。いつしか彼女の瞳は元の色に戻っている。

「……どうしよう」

キッコがあまりにか細い声でそう言うので、まひろはなぜか背中が寒くなった。

「なんだよ。いったい、なにが」

「……どうしたらいいのかな？」

「だから、ちゃんと分かるように言え」

突然、キッコがまひろの襟首をつかみ、ぐいっと強く引き寄せた。思わず息を飲むまひろの耳元で、キッコが囁く。

「……気づかれるよ」

そのまま、キッコは前かがみになったまひろの肩を押して方向を変え、咲歩と翔太に背を向けた。その直前に、微かな視線を感じた。ふたりがこちらを見ているのかもしれない。まひろは緊張に身体《からだ》を強張《こわば》らせながら、息をひそめる。

ちょうどそのとき、ホームへ電車が滑り込んできた。開いたドアから出てきた乗客の流れに乗るようにして、キッコとまひろは後退する。改札の脇へ避難したとき、発車ベルが鳴り響いた。電車を見送り、ホームに目をやると、咲歩と翔太の姿はそこにはもうなかった。

「咲歩ちゃんから、すごく強い想《おも》いを感じた」

出し抜けにキッコがそう言った。

「それは、どういう……」

「誰かを好意的に想う波長。はっきり分かった」

「……こ、好意的ってのは、どういう」

「好きってこと」

キッコがぴしゃりと言った。けれどもその顔は、心なしか青ざめて見えた。

「狂おしいくらいの、渇望……」

まひろは頷き、キッコの言葉の続きを待つ。

「熱くて火傷《やけど》しそうなくらいなんだけど……、どこか頼りない……。行き場のない想いが、嵐みたいに渦巻いてる。きっと咲歩ちゃん、苦しいと思う……」

キッコはそこで目を閉じた。微かに、眉根を寄せている。

そんな彼女の様子を見ながら、まひろは考えた。

田島咲歩は誰かに好意的な想いを抱いている、とキッコは言う。

飾らない親しさで話していた、翔太と咲歩の姿を思い出す。

「……そうか」

まひろは思わず呟いた。

その一方で先日、ひなた食堂で耳にしたように、新城璃子は上原翔太に好意を持っており、告白しようと考えている。

ままならない現実がすぐそこにあるらしいことを、ようやくまひろは実感した。

やるせないような気持ちが、胸の奥にくすぶっている。

キッコが「どうしよう」と言った気持ちが、少しだけ分かったような気がした。

まひろは長いため息をつく。それからキッコに向き直り、目を開いた彼女をまっすぐに見た。

「でも、な」

その言葉に、キッコがこちらを見返してくる。

「だからと言って、俺たちにできることは、なにもない。……違うか？」

キッコが形の良い唇を、きゅっと結んだ。

「そうかも、しれないけど……」

すぐ隣の改札を抜ける人々が、どこか重苦しい雰囲気をまとったまひろとキッコにちらちらと視線を投げつつ、通り過ぎていく。

雑踏の音は次第に大きくなり、ふたりの言葉はそこで途絶えた。

＊

その日は、朝から雨が降っていた。

午後十時。いつもなら数名の客が酒盃《しゅはい》を傾けている時間だが、三十分前くらいに最後の客が帰ってから、ひなた食堂の暖簾《のれん》をくぐる者はいなかった。

「今日はもう、店じまいにする？」

カウンターと全てのテーブルを拭き終えたキッコが、白い布巾を手に、そう訊いた。

黒の和帽子にそっと指先で触れて、まひろは考える。食材の状況を思い浮かべ、来客の可能性と閉店時間のバランスを探っていると、入り口の引き戸が滑る音がした。

「いらっしゃいませ」

キッコが振り返って挨拶する。

戸口に立っていたのは、予想外の人物。制服姿の田島咲歩だった。短い黒髪ばかりか、肩もしっとりと濡れている。傘をささずに雨のなかを歩いてきたのだろう。彼女はどこか焦点の合わない瞳を、ゆっくりとキッコに向けた。

「びしょびしょ。どうしたの？」

まひろが投げたタオルを受け取って、キッコが彼女のもとへ向かう。そっと髪を拭いてやるが、咲歩は視線を床に落としたまま動かない。

「……キッコさん」

そのとき咲歩の口から、今にも消え入りそうな声が漏れた。そしてゆっくりと両手を動かすと、タオルを持ったキッコの手を、すがるように握りしめる。

雨に濡れた咲歩の両手は冷え切って、小さく震えていた。

「璃子と……、ケンカしちゃった……」

キッコは咲歩の手を包み込むように握り直して、心配そうに、彼女の顔をのぞき込んだ。先を促すわけではなく、咲歩の言葉が出てくるのを静かに待つ。

「……あたしが、悪かったんだ」

咲歩が小さな嗚咽《おえつ》を漏らす。そこでキッコは初めて「どうして？」と訊いた。

「璃子のことを……。璃子の、恋を……。応援できなくて」

彼女の冷えた手が、強く震える。

「……ダメなんです。どうしても……、ダメなの」

ぎゅっと目を閉じて、絞り出すように声を出す。俯いた彼女の長いまつげを伝って、透明な涙の雫《しずく》が落ちた。キッコが口をぎゅっと結んで、咲歩の背中に両手を回した。

それからしばらく、咲歩はキッコの胸で泣いていた。溢れ出す感情によって引き起こされる不規則な嗚咽が、静まり返った店内に響く。キッコは優しく咲歩の背を撫《な》で続け、彼女が落ち着くのを待った。

「……キッコさん。聞いて？」

「うん」

「璃子がね……、告白したんだって。……翔太に」

「……うん」

キッコはその顔に微かな緊張を走らせて、浅く頷いた。

「あたし、璃子からそれ聞いて……。驚いちゃって。……なにも言えなくて」

「……そっか」

「アタマ、真っ白になっちゃって。……なんか息、できなくなって」

「辛かったね」

キッコが彼女の耳元でそっと囁くと、咲歩の瞳に透明な涙が盛り上がった。

嗚咽をぐっと飲み込んで、咲歩が自嘲気味な声で言った。

「ダメだな、あたし。……そのあと、璃子とぎこちなくなって。ホント、どうでもいいことで、ケンカしちゃった」

キッコの胸からゆっくりと身体を離した咲歩が、慌ててタオルを目頭に押し当てると、大きく深呼吸をした。

キッコはなにか言いたげに唇を動かしかけたが、逡巡《しゅんじゅん》の末、軽く顎を引くと口を引き結んだ。いたたまれなくなって、カウンターのなかに佇《たたず》むまひろに視線を投げる。

しかし彼は両腕を組んだまま、生まれついての三白眼をどこか悲しげに細めている。

彼なりに感じるところがあるようだが、その微かな変化は、普段から彼を知るキッコくらいにしか分からないだろう。

「……翔太くんは？」

キッコは咲歩に向き直り、思わずそう訊いていた。それが咲歩にとって残酷な問いだと分かって悔やんだが、もう遅かった。彼女の瞳が新たな涙に濡れる。キッコの胸は切り裂かれんばかりに痛んだが、最後の矜持《きょうじ》で目は逸らさなかった。

「話してないから、知らない。……けど、璃子が言うには……、翔太は返事を保留してるって……」

咲歩の消え入りそうな声が、ひなた食堂の壁に吸い込まれていった。

＊

「咲歩ちゃん、ちゃんと家に着いたみたい」

キッコがスマホから顔を上げて言った。

あの後しばらく泣いてから咲歩は落ち着きを取り戻し、「送っていこうか」というまひろの申し出を断って、ひとりで帰っていった。

「……ねぇ、まひろ」

静まり返った食堂に、キッコの声が響く。

厨房の火を落とし、店内の片付けを終えたまひろは、きた、と思い、無意識のうちに身構えていた。

「咲歩ちゃんのために……、なにか」

「俺たちにできることは、なにもない」

いつか言った台詞《せりふ》を、繰り返す。まひろは、自分の声が驚くほど硬いことに気づいた。キッコがこう言い出すことを、どこかで予想していたからかもしれない。

「咲歩ちゃんが自分の気持ちに気づいて、もっと素直になれば、きっと……」

「きっと、なんだよ」

少し語気を強めたまひろに、キッコがぐっと顎を引いた。

「みんなが……、辛い思いをせずに」

「新城璃子の想いはどうなる？」

まひろは極力感情を込めずに、そう遮った。そうすることが一番効果的だと知っているからだ。

「それは……」

キッコは口ごもり、唇を嚙んだ。

「そうだけど……。でも……」

「他人の気持ちに安易に介入したって、ろくなことにならない」

「そんなこと、知ってる」

キッコの声に微かな力がこもる。

「わたし、そんな軽い気持ちで言ったんじゃない」

まひろは腕を組み、壁に背を預けた。両目を閉じて、深いため息をつく。

「お前の気持ちは関係ない。当人たちがなにを望むか、どう思うかが全てだ」

「……」

「それを考えてみたのか？　と言ってる」

まひろは鈍感な人間ではない。むしろ、他者の痛みへの共感性は高い。だからこそ彼は「自分だったらどう思うか？」「どうして欲しいか？」を徹底的に考える。

それがまひろの冷静さであり、キッコにしてみれば、じれったく感じてしまう。

「自分がなにを望んでるかなんて……。分かるのかな」

キッコは自らの言葉に背中を押されるようにして、まひろを見た。

「まひろは分かる？　自分の気持ち」

彼は、答えなかった。だからキッコは、さらなる想いを吐露した。

「自分の気持ちに自信がなくて言葉にできなければ……、その想いは永遠に、相手に届かない。……それって、すごく悲しい」

「悲しいかもしれないが、それが当たり前だ。想いは言葉にしなければ、伝わらない」

キッコが視線を落として、小さな声で言った。

「その『当たり前』から外れてるわたしが、おかしいのか」

まひろは目を閉じ、天を仰いだ。

キッコが自嘲気味に続ける。

「その人でさえ気づいてない気持ちを、外から視て分かっちゃうとか、変だよね。気味悪い」

それは、誰に向けた言葉でもなかった。けれどもまひろには、俯いたキッコの細い背中に、計り知れないほど大きな重荷がのしかかっているように感じられた。

だからこそ、返す言葉は見つからなかった。

「でも……。わたし、もう、嫌だな」

そんなまひろの葛藤などつゆ知らず、キッコが顔を上げた。

「『伝わらなかった』ことで過去の意味が変わったり、今が壊れたり、あったかもしれない未来が失われたりするの……。見たくない」

まひろは目を見開き、そんなキッコをじっと見ている。

彼女の静かな決意が伝わってくる。けれどもそれはどこか不安定で頼りなく、悲愴《ひそう》感に満ちていた。

「お前の力を……、否定するつもりはない。おかしいとも、変だとも、思わない」

まひろはなんとか言葉を紡ぎ出した。

「だってそれは、お前が悪いわけじゃないから」

キッコの長いまつげが、ぴくりと動いた。

「けど……」

まひろはそう前置きしてから、少し言いにくそうに口を開いた。

「想いをどんな行動に変えるか、決めるのは……、本人だ」

その言葉は静かな響きをもって、キッコの胸に届いた。キッコは両目を閉じて、苦しげな表情でその言葉を噛みしめる。

それからキッコは目を開くと、頭に巻いていた真っ赤なバンダナを外した。軽く頭を振り、美しい金髪が揺れる。少し俯いた。

「そうだね。覚えとく」

彼女の小さな呟きが、外の雨音に塗りつぶされるようにして、消えた。

＊

それからしばらくの間、翔太も咲歩も璃子も、ひなた食堂に現れなかった。

若い三人の瑞々《みずみず》しい想いがどうなったのか、キッコたちには知るよしもなく、忙しい日々だけが流れていった。

キッコが『視た』咲歩の想い。そして、雨の夜に彼女が見せた涙。

痛みが消え傷跡が次第に塞がってゆくように、それらの印象が少しずつ薄まり始めようとする頃、キッコはオフの日に出かけた藤沢のたまたま入ったカフェで、新城璃子と出会った。

明るい窓際のソファに座っていた璃子が、キッコを見つけてぱっと笑顔を浮かべて手を振る。カフェラテの紙コップを手に席を探していたキッコはそちらに歩み寄ると、璃子の向かいに腰をおろした。

「璃子ちゃん。久しぶり。……元気だった？」

璃子は両手を膝の上に重ねてから、にっこりと微笑んだ。

「おかげさまで。キッコさんは、どうですか？」

「わたしは……、うん。元気」

ぎこちなく笑い、手持ち無沙汰から慌てて口をつけたカフェラテの熱さに唇が痺《しび》れて、思わず飛び上がる。璃子に心配され、キッコは照れ隠しに苦笑いを浮かべた。それから、ふたりの間に沈黙が訪れる。

「璃子ちゃんは……」

キッコは言いかけたが、先が続かずに口をつぐんでしまう。璃子はそれに気づいているようだが、俯きがちのまま、手元を見つめている。

沈黙が、再びやってくる。店内のBGMがどこか遠くに聞こえる。キッコが髪をかき上げた。幾筋かの金髪が、彼女の耳から頰にこぼれ落ちる。

キッコが意を決して顔を上げたとき、唐突に璃子が口を開いた。

「知ってますか？　咲歩の、素敵なところ」

「え？」

「いつだって明るいところ。誰にでも、分け隔てなく優しいところ。前向きなところ。本当は誰よりも繊細で、人の痛みに深く共感できること。……それから、自分の弱さを、ちゃんと知ってるところ」

璃子はどこか夢見るようにそう言ってから、口を結んで、両手で紙コップをそっと包み込んだ。

「やっぱり私は……、咲歩には敵《かな》わないな、って」

「……璃子ちゃん」

「素敵なんですよ、あの子。本当に。裏表がない、っていうか……」

璃子の大きな瞳が、微かに潤んでいる。

「私、そんな咲歩が大好きなんです。でも……、私が自分の想いを押し通したことで、あの子を傷つけちゃった」

「翔太くんの……、こと？」

キッコが訊くと、咲歩は微かに頷いた。

「咲歩とは、これまで通り話せると思ってたんです。でも、あの子は違ったみたい。そのままお互いに気まずくなって……、もうずいぶん、話せていないんです」

咲歩の想いを知っているだけに、キッコの胸は痛んだ。

「私、フラれました」

「……え？」

「翔太くんに」

あの雨の夜、咲歩から聞いた話では、翔太は璃子の告白に対して返事を保留している、とのことだった。それから、そんな進展があったのだ。

言葉を探すキッコの前で、璃子はどこか自嘲気味に微笑んだ。

「失恋して、大切な友達とも上手くいかなくて……、バチが当たったのかな」

こぼれ落ちそうになる涙を、璃子がそっと指先で拭った。

「始めから私がつけ入る隙なんて、なかったんです。……きっと、あのふたりは」

窓から差し込む明るい光が、彼女の横顔を照らしていた。

＊

「……運命って、信じる？」

藤沢で新城璃子と偶然出会った翌日、キッコはひなた食堂で開店準備を手伝いながら、唐突にそう訊いた。

「信じない」

ランチメニューを仕込み中のまひろが、包丁の音をリズミカルに響かせながら、ぶっきらぼうに答えた。

「どうして？」

まひろは切り終わった玉ねぎをザルに放り込むと、包丁とまな板をさっとすすいで、タオルで手を拭いた。

「最初から定められた運命なんて、存在しない。意志を伴う行動の積み重ねが、未来を形作るだけだ」

「じゃあ、恋愛においては？」

まひろは少し眉根を寄せた。

「最初にどちらかが好意を抱いて接することで、次第に相手も好意を返すようになる。両想いは、お互いが協力して作り上げるもんだろ」

「まひろ……、恋愛の玄人みたい。……彼女いないのに」

「それは今、関係ない」

「いや……、あると思うけどな……」

キッコがテーブルを拭きながら、そうこぼす。

「運命って言葉で片付けるのは、思考停止だろ」

「でも、運命だと前向きに捉えて、そこから新しい行動に繋げられるとしたら？」

まひろは右手を腰に当てて、ふんと息を吐いた。

「その時点でそれは運命じゃなく、そいつの意志だ」

「なんかまひろが、ドヤってくる……」

「じゃあ、恋愛の玄人たる運命論者の意見も聞かせてもらおう」

「別に、そんなんじゃない」

ふたりがボルテージを上げつつあるところで、突然入り口の戸ががらりと開いた。

驚いてそちらを見ると、ネルシャツにスラックスという私服姿の瑛介が立っている。

今日は彼の営む洋菓子店の定休日だと、思い当たった。

「やあ。……ん？　どうしたの。なんか空気が不穏なんだけど」

キッコがすっと歩み出ると、無表情のまま、彼に訴える。

「聞いてよ、えいちゃん。まひろがひどい。『なにも知らないお前に、俺が愛を教えてやる』って、人のこと見下してくる」

「え……。それって、どういう……。え？　まひろ？」

瑛介が警戒の表情を浮かべて、こちらを見てくる。

「妙な言い方をするな！」

「『両想いはふたりで作り上げるものだ』とか、ドヤ顔でグイグイくる」

「……ふたりで、って？　えぇっ？」

瑛介がまひろとキッコを交互に見た。

「ちょっと黙れキッコ！」

「『俺は恋愛の玄人だから』とか言って」

「わざとだろ！　黙ってくれ、お願いだから！」

大騒ぎのすえ、なんとか瑛介の誤解を解いたときには、ランチ開店時間が目前に迫っていた。

「……で、なにか用だったのか？」

げっそりした顔で、まひろが訊く。瑛介はぽんと手を叩いた。

「ああ、そうだった。まひろのドッキリが強烈すぎて、吹っ飛んじゃってた」

「ドッキリじゃねぇ！」

瑛介はごめんごめん、と笑ってから、急に表情を変えた。どこか照れくさそうな顔で、ぽつりと言う。

「実は今度、ウチの店に新しいスタッフが入ることになってさ」

「……ほう。社員か？」

「いや、アルバイトさん」

「もしかして、女子？」

キッコに言われて、瑛介が少し慌てる。

「ど、どうして分かるの？」

「なんか、ピンときた」

瑛介が頭を掻《か》いた。

「女子大生で、横浜《よこはま》の大学に通ってるんだけど、四年生であんまり講義もないから、平日二日と週末に、来てくれることになったんだ」

キッコがなぜか、優しげな笑みを浮かべている。瑛介はそれを見て寒気を覚えたように、顔を引きつらせた。

「えっと……。そう、それでさ。僕、気の利いた会話とかできないから、ぜひ、キッコちゃんと友達になってもらえたらいいかな、って思って」

「喜んで。……でも、えいちゃん、お話上手だよ？」

「それは相手がキッコちゃんだからだよ。気さくに話せるっていうかさ」

キッコが、じっと瑛介を見た。

「ふぅん。……ま、いっか。今度えいちゃんのお店に会いに行く。ひなた食堂にも連れてきてね」

瑛介が届けてくれた知らせに機嫌を良くしたのか、キッコは微笑んだ。

「……で？　昼、食ってくのか？」

まひろが訊くと、瑛介は申し訳なさそうに両手を合わせた。

「このあと仕入先との打ち合わせがあってさ。また来るよ」

瑛介が帰り、ランチタイムはいつものように過ぎていった。

途中休憩を挟んで、夜の営業を開始したが、今日は普段に比べて客足が伸びない。

長居する客は少なく、キッコもどこか手持ち無沙汰な様子で、ゆっくりと身体を揺らしている。

キッコのバンダナの後ろで、縛った金髪が揺れている。カウンターのなかからまひろがそれをぼんやりと眺めていると、入り口の引き戸の向こうに、人影がひとつ見えた。

からら、と控えめな音を立てて、引き戸が滑る。

戸口に立っていたのは、パーカーにショートパンツというラフな服装の、田島咲歩だった。

「あ……。いらっしゃい」

あの、雨の夜以来である。キッコは戸惑いを一瞬で消し去り、笑顔で迎え入れた。

咲歩は少しはにかみ、テーブル席に腰を下ろした。いつもと違うのは、その向かいに親友の新城璃子が座っていないことだ。

キッコが水とおしぼりを出そうとすると、咲歩は慌てて言った。

「あ、あの！　今日はちょっと、お喋《しゃべ》りしたくて来たんです。……お店が忙しそうなら、帰ろうと思ってたんだけど」

あの夜、弱々しく泣いていた咲歩の姿はない。

「見ての通り、全然大丈夫。売上的には、分からないけど」

「そんなヤワな経営状態じゃないから、安心しろ」

キッコの冗談に、まひろがそう応えた。

咲歩は愛想笑いを浮かべて、もじもじしている。まひろはランチタイム用に使うマシンで手早く珈琲《コーヒー》を淹《い》れて、ソーサーに載せたカップをカウンターに置いた。キッコがそれをお盆に載せて咲歩のもとに運ぶと、彼女は慌てて両手を振った。

「す、すいません！　スマホしか持ってきてなくて」

「サービスだよ。お得意さんだから」

要らぬ威圧感を与えないように、凶悪な目つきは逸らしたうえで、精一杯丁寧な声で、まひろが言った。

「お砂糖とミルク、要る？」

キッコが訊くと、咲歩はふるふると首を横に振った。

「……ありがとう、ございます」

それからしばらくキッコとまひろは、咲歩がカップを口に運ぶ様子を黙って見ていた。やがて彼女がゆっくりと口を開き、ひなた食堂の静寂は破られた。

「あたし子どもだし、疎いから、本当に分からなくて。でも、キッコさんなら、あたしよりしっかりしてるし、いろいろ知ってると思うから……、それで」

「しっかり……、している？」

信じられない、といった表情のまひろが漏らした呟きはスルーして、キッコは咲歩に向き直った。

「褒めてくれて、ありがとう。なにか、お話ししてくれるの？」

あくまで淡々と、キッコがそう訊いた。

咲歩は一瞬、口ごもった。それから意を決したように話し始める。

「……翔太がね」

どこか怯《おび》えているような、か細い声だった。

「璃子の告白を……、断ったらしいんだ」

咲歩は俯いている。キッコとまひろが素早く目を合わせた。

すると咲歩は急に顔を上げて、ぎこちない笑顔を浮かべる。

「ほんと、バカだよね！　信じられない！　璃子みたいに可愛くて良いコ、滅多にいないのにさ。翔太には……、もったいないくらいなのに……」

話すほどに、再び彼女の視線が下がってゆく。

「ほんと、バカだよ。……なに考えてるのか、全然分かんない」

「……そっか」

　そう呟くキッコの瞳に、透き通った不思議な輝きが弾ける。咲歩の気持ちを『視ている』のかもしれない。まひろはそう思った。そして、キッコの表情にどこか痛みを堪えるような様子が垣間見《かいまみ》えたことで、まひろにも間接的に、咲歩の心の水面にどんな波模様が描かれているのか、少し分かったような気がした。

「ねぇ、咲歩ちゃん」

　キッコが柔らかい声で言った。

「海、見に行かない？」

「……え、海？」

「ゆっくり話そう。怖いお兄さんがいないとこで」

　突然そんなことを言うキッコに向けて、まひろは慌てて口を開いた。

「お前な、仕事放り出す気か？」

「お客さん、いない」

「……ぐっ。今いなくても、もうじき来るかもしれないだろ」

「そのときは、まひろが頑張れば大丈夫」

「あのな。厨房とホールは、全く別の仕事だぞ」

「わたしが来る前、まひろひとりでやってた。初心、忘れるべからず」

「……何目線だよ」

すらすらと答えるキッコに、まひろは天井を仰いだ。それから軽く肩をすくめると、諦めたように言った。

「海は荒れてないだろうけど、気をつけてな。あんまり暗いところに行くなよ」

「分かった。じゃあ、行ってくる」

キッコはエプロンを外すと、結んでいた髪を解いた。スマホをジーンズのポケットに押し込みながら頭を軽く振ると、美しい金髪がふわりと舞う。

それに見惚《みほ》れる咲歩の視線には気づかず、キッコはぴたりと動きを止めると、ゆっくり振り返ってまひろを見た。

「……」

なにかを言いたげな表情が、ホールの電灯に照らされている。まひろはそんな彼女の瞳を、じっと見つめた。

〝視えない〟自分がいくらそうしても、キッコの気持ちは分からない。

「……なぁ、キッコ」

それを待っていたかのように、キッコが浅く頷いた。

「ん？」

「俺がなにを言いたいか、分かるか？」

キッコは少し困ったような顔で、首を傾げた。

「『お節介は、ほどほどにな』？」

まひろの眉が、ぴくりと動く。

「半分正解。半分間違いだ」

「……どういうこと？」

「反射的に言いそうになったことは、お前の想像通りだ。……けど、よく考えたら違った。俺が言いたいのは、そんなことじゃない」

どこか不安げな様子のキッコに向けて、まひろが言葉を継いだ。

「なにが間違っていて、なにが正しいかなんて、誰にも決められない」

話の流れを理解できない咲歩が、ふたりをぽかんと見つめている。

「想いをどんな行動に変えるのか決めるのは……、お前自身だ」

キッコの目に、驚きの光が揺れている。

「……まひろ」

「あんまり遅くなるなよ。……心配になる」

「うん」

口元に微笑みを浮かべて頷いたキッコは、咲歩を促して店を出ていった。

ひとり取り残されたまひろは、カウンターに寄りかかると、長く大きな息を吐く。

握った拳を軽く、自分の額に押し当てた。

「……お節介は、ほどほどにしとけ。らしくない」

ひなた食堂を出たキッコと咲歩は、観光を終えて駅に向かう人の流れに逆らうように、江の島に向かってすばな通りを歩き始めた。

「人、多いね」

咲歩がぽつりと言った。

「だね」

土産物屋の前で外国の言葉を話す一団を眺めながら、キッコが相槌《あいづち》を打つ。

「……キッコさんって、キレイ」

「突然どうしたの？」

「髪とか目とか……。いつも、羨ましいなぁって」

そう言った咲歩が、キッコのブラウンの瞳と、金髪をちらりと見た。

キッコは理解した、といった様子で、浅く頷いた。

「おばあちゃんがドイツ人なんだ。ただ、それだけ」

「すごい！　カッコいい……」

「ありがとう」

透明な笑みを浮かべてから、キッコは懐かしむような表情を浮かべた。

「中学生の頃は『みんなと同じが良かった』って、思ってた」

咲歩は口をつぐんだ。

「……ごめんなさい」

「どうして謝るの？」

「うぅん。なんか、あたし、薄っぺらいなぁ、って思って」

「……どういうこと？」

「空っぽで、中身がないっていうか」

「咲歩ちゃんは、空っぽじゃないよ」

ふと咲歩を見ると、彼女はどこか曖昧な表情で、キッコの後ろ、斜め上のほうへ、視線を向けている。

「どうかした？」

「……え、いや。もし今会ったら、ちょっと気まずいかな、って」

焦ったようにそう言って、咲歩の目が泳ぐ。先程まで彼女の視線が注がれていたほうを見ると、タピオカドリンクのスタンドやお洒落《しゃれ》なカフェに挟まれるようにして、和の佇まいを残す古い建物があった。毛筆体で『上原旅館』と彫り込まれた木製の看板が掲げられている。

「あ、そうか」

そこは、上原翔太の実家なのだ。

「別の道にすれば良かった」

「ううん。あたしが気にしすぎなだけ」

「砂浜のほう、行こっか」

すばな通りを抜け、右に曲がる。少し歩いて、ふたりは新江ノ島水族館前の砂浜にたどり着いた。

黒々とした海に、穏やかな波音が響いている。その海の向こうに江の島の影があり、特徴的なシルエットの頂上付近に、江の島シーキャンドルが煌《きら》めいているのが見える。

砂浜に人影は少ないが、辺りはそう暗くはない。見上げれば頭上に、満月がぽっかりと浮かんでいた。

ふたりは並んで、砂浜へと降りるコンクリートの階段に腰かけた。

「ごめんね、キッコさん。……急に、話したいだなんて言って」

「誘ったのは、わたし」

相槌を打つように、波がざざんと鳴る。

「咲歩ちゃんは」

月の光が映り込む咲歩の瞳をのぞき込みながら、キッコは訊いた。

「翔太くんが……、璃子ちゃんと付き合えばいいと思った？」

ぴくりと肩を震わせてから、咲歩は両手で自分の膝をぎゅっと抱いた。

「……どうして、そんなこと訊くの？」

「翔太くんに、怒ってたから」

「そ、そりゃ怒るよ！　璃子みたいないい子から告白されることの貴重さを、あいつは分かってないもん！　そんなチャンス、もう二度とないよ、きっと……。ほんと、何様のつもりなんだよ……。バカなんだから」

風船から空気が抜けるようにしぼんでいく咲歩を見て、キッコはくすりと笑った。

ぐっと息を飲んだ咲歩が、頰を染めてなにかを言い返そうとしたとき、キッコが優しく言った。

「どうして、咲歩ちゃんはそんなに怒ってるんだろう」

「……どうして、って、それは……」

勢いを削《そ》がれたように、咲歩がぐっと言葉に詰まった。そのまま、短くはない沈黙が流れた。キッコの目が、すっと細められる。

「自分の気持ちって、難しいよね」

「……うん」

キッコは白い首にかけているペンダントのチェーンを掴んだ。

「じゃあ……。見てみる、っていうのは、どう？」

その言葉の意味が分からず、ぽかんとした表情を浮かべる咲歩。その横で、キッコは胸元からチェーンをするりと引き抜いた。

月の光を受けて赤く輝く、雫型のペンダントトップが現れる。

それを見つめて、キッコはしばらく逡巡しているようだった。やがてぎゅっと目を閉じると、ややあってそれを開き、意を決したように咲歩を見た。

「ここに、手を重ねてみて」

キッコはペンダントトップを左手のなかに優しく包み込むと、咲歩に言った。

理由は分からずともそれに従わねばならないような気がした咲歩は、胸の前で握っていた右手を開きながらゆっくりと伸ばしてキッコの左手に重ねた。

「……あ」

思わず声を漏らしてから、咲歩はその理由を考えた。

触れた瞬間はひやりとしたキッコの左手が、なんだか温かい気がする。

するとキッコが、閉じていた手をゆっくりと開いてゆくのが分かった。そう思った

次の瞬間、咲歩は反射的に目を細めていた。

なぜだろう。眩《まぶ》しさを感じたような気がする。

……いや、本当に、眩しいのだ。開いたキッコの左手、そこに重ねた自分の右手の

隙間から、白昼のような眩《まばゆ》い光が溢れ出しているのだ。

「え？　……え？」

咲歩は目を疑った。目の前で起きていることに、理解が追いつかない。

「キッコさん……、これって？」

白い光は強弱をつけるように、ちらちらと揺れている。なにかに似ている。

「咲歩ちゃんの想いに共鳴して、光ってる」

幼い子どもに優しく言い含めるように、キッコが答えた。

咲歩は光から目が離せない。

「……きれい」

思わず言葉がこぼれた。

するとキッコが、そっと咲歩の肩に触れる。

「翔太くんのこと、考えてみて」

咲歩は少し面食らったあと、戸惑いながらも小さく頷き、目を閉じた。

ふたりの手から溢れる白い光が、柔らかいまま、不規則に揺れている。

「優しい光」

キッコは光を見つめた。

なにかを逡巡している。

ざざん、と海が鳴いた。

やがて彼女は意を決したように、口元をきゅっと引き結んだ。

咲歩の横顔を見つめて、静かにこう促す。

「じゃあ、もっとほかの……、気になるひとのこと、考えてみて」

驚いたように、咲歩がキッコを見返した。

キッコはその目をまっすぐに見つめて、ゆっくりと頷く。

咲歩はしばらく動かなかったが、やがてなにかを悟ったかのような表情になり、夜の海原へと目をやった。波音、風音に混じって、彼女の息づかいが聞こえる。

そのときだった。

重ねたふたりの手を押し広げるかのように、白く輝く光が、一気に溢れ出した。先ほどまでとは、明るさが違う。

「う、うわ！　うわわ……」

それに驚いて、咲歩が思わず右手を離した。

最初見たときは赤かった雫型のペンダントトップが、白い光を放っている。

もの言いたげな咲歩の顔を見て、キッコが言った。

「ドイツの古い魔女が造ったんだって」

「……すごい」

「信じる？」

珍しく、いたずらっぽく微笑んだキッコに、咲歩はどぎまぎしている。彼女が言葉を返せないでいると、キッコは夜空を見上げた。

「おばあちゃんの形見なんだ」

咲歩が手を離したからか、宝石の光は次第に弱まってゆく。彼女は瞳に好奇の色を滲《にじ》ませ、もう一度右手を重ねた。それに呼応して、再び眩い光が弾ける。

ふたりは改めて、その光を見た。

「きれい、だね」

「……木漏れ日、みたい」

どちらからともなく、そう言った。

ただ眩しいだけの光ではない。青く生い茂った木々の梢《こずえ》からこぼれ落ちてくる、どこか照れているような、それでいて活《い》き活きと跳ねる、眩しい木漏れ日だ。

「誰なんだろう」

「……」

「咲歩ちゃんの気持ちを、こんなにも揺らすの」

まるで答えを知っているかのような口ぶりだった。

「……分からない」

消え入りそうな咲歩の声が、波音にかき消された。

「自分の気持ちって、難しいよね」

「でも、なんだか……」

咲歩の瞳に、木漏れ日のような光が映り込んでいる。

なにかを摑めそうな表情、けれどもどこか怯えるような、目の色。

それを見たキッコは、優しく語りかけた。

「咲歩ちゃん、目を閉じて」

戸惑いつつ、咲歩はそっと目を閉じた。

彼女の額に、キッコは指先で摘んだ宝石をそっと押し当てる。その瞬間、宝石はひときわ明るく輝くと、眩い光はみるみる収束して、咲歩のなかへと吸い込まれていった。やがて光は消え、辺りは再び穏やかな闇に包まれる。

キッコは、赤い輝きを取り戻したペンダントトップをそっと咲歩の額から離し、胸元に収めた。咲歩がゆっくりと瞼《まぶた》を開き、まるで夢見るような表情で、呟く。

「……今のは？」

「おまじない。自分の気持ちが、分かるように」

それを聞いた咲歩はしばらく黙っていたが、やがてゆっくりと、深く頷いた。

「なんだろう。……なんか、胸がぽかぽかする」

「咲歩ちゃんの想い、すごくきれいだった」

その言葉を聞いて、咲歩はなにかを悟ったような表情で、呟いた。

「……そっか」

ふたりの姿は夜の闇に溶け込み、その輪郭は曖昧になる。

だからだろうか、咲歩の口から、次なる言葉がこぼれ落ちた。

「あたし、自分がどうして傷ついて、苦しかったのか、ちゃんと分かってなかった」

そして、恥ずかしそうに苦笑した。

「自分の気持ちなのに、自分で分からないなんて、おかしいよね」

「きっとまだ、整理ができてなかっただけ」

咲歩の顔に柔らかい表情が広がり、その口調から迷いが消えてゆく。

「キッコさんが見せてくれたおかげで……、あたし、自分がどうすればいいか、分かったような気がする」

「もし力になれたなら、嬉しい。……こんな、おかしなわたしでも」

おかしな、というところに、ことさら自嘲的な響きが込められていた。

それには気づかず、咲歩は目を輝かせてキッコを見た。

「キッコさんって、不思議な人だね。……魔法使い、みたい」

夜の海原に浮かぶ、いくつかの船の光。規則的に明滅する灯台の光。そして夜空を見上げれば、そこに散りばめられている星の光。ひときわ大きく輝く、満月の光。それらを瞳に映してから、キッコは囁くような声で言った。

「どれも儚くて、かけがえのない光。……気づかれずに消えちゃうのは、悲しい」

そんな彼女の美しい横顔を見つめて、咲歩は息を飲んだ。

波がまた、ざざんと鳴った。

*

それから、幾日かが過ぎた。

火曜日の夜、本来なら定休日であるが、ひなた食堂は戸口の明かりを点《つ》けず、暖簾も掲げず、ひっそりと開いていた。

カウンターのなかで腕組みをするまひろも、カウンター椅子に腰かけて戸口を見つめるキッコも、外見は普段どおりの仕事着スタイルだが、店内の空気はどこか張り詰めている。

キッコがちらりと、壁の時計を見た。約束の時間が近い。

そのときちょうど、入り口の引き戸が、からら、と滑る音が聞こえた。

「……キッコ、さん？」

おそるおそる顔をのぞかせたのは、私服姿の田島咲歩だった。

「いらっしゃい。ごめんね。遅い時間に」

「え？　うぅん、まだ夜の七時だよ？　全然遅くないよ」

咲歩を迎え入れ、テーブル席へと案内する。咲歩はまひろをちらりと見てから、椅子に腰をおろした。

「あの……、大切な用事って……」

ただならぬ雰囲気を感じ取ったのか、咲歩が首をすくめて言う。キッコは彼女の緊張をほぐそうと、その肩に優しく手を置いた。

「もうちょっと待ってね」

すると再び、引き戸が滑る音が響いた。驚いてそちらを見た咲歩の顔が引きつる。

「え……、なんで」

戸口に立っていたのは、ほかでもない、新城璃子その人だった。

「こんばんは。……今日って、お休みの日なんじゃ？」

咲歩の姿を認めた璃子は、微かに表情を硬くしたが、すぐにそれを消し去ると、いつもの柔らかい声でキッコにそう尋ねた。

「大丈夫。店主の許可は取ってるから」

そう言ったキッコに、まひろが小さなため息で応じた。

「……有無を言わせず承諾させておいて、許可もなにもあったもんか」

そんなまひろのぼやきを無視して、キッコは微笑むと、咲歩が座るテーブルへと璃子をエスコートした。

両手を膝の上で強く握り、俯く咲歩。そんな彼女を立ったまま見下ろして、璃子は穏やかな声で言った。

「なんだか、久しぶりだね」

「……ん」

咲歩は顔を上げることができないが、璃子は落ち着いた動作で、彼女の向かいの椅子を引いて、そこに腰かけた。

「咲歩も来てるなんて、知らなかった」

独り言のように、璃子がそう言った。

「あたしだって、璃子が来るなんて……。キッコさんに、『大切な用事があるから』って言われて……」

すかさずキッコが答えた。

「秘密にしていて、ごめんね。……ところでふたりとも、晩ごはんはまだだよね？」

「食べずに来て、って言われたから」

咲歩がか細い声でそう言うと、璃子も頷く。

「良かった。じゃあ、ちょっと待ってて」

キッコはふたりに水を出すと、テーブル席を離れた。

「……あ、そうだ」

思い出したように足を止め、璃子のところまで戻ったキッコが、自分の胸元からペンダントを引き抜いた。赤いペンダントトップをそっと握ると、その手を璃子の前に差し出す。

「ここに、手を重ねてみて」

いきなりそう言われた璃子は少し面食らっていたようだが、キッコの表情を見て、こくりと頷いた。華奢《きゃしゃ》な手を持ち上げて、キッコの手の甲にそっと触れる。

「なにかの、おまじない？」

可愛らしく首を傾げた璃子に、キッコは口元に微笑を浮かべた。

その瞬間、重ねたふたりの手のなかから、淡く柔らかい光が漏れ出した。店内が明るいこともあり、キッコの顔を見上げる璃子は、それに気づかない。

キッコは璃子に礼を言うと、彼女の手をそっと外した。それから、固唾《かたず》を飲んで見守っていた咲歩をちらりと見た。

「……あの」

「咲歩ちゃんのは、ちゃんと覚えてるよ」

キッコは優しくそう言うと、ペンダントを元通り、胸元にしまった。それからカウンターまで戻ると、厨房に声をかけた。

「まひろ、お願い」

キッコの瞳をじっと見つめながら、まひろはもう一度、小さなため息をついた。そして少しの間だけ目を閉じると、すぐにそれを開き、指先で頭の和帽子をそっと直す。まひろが調理台に向かったのを見届けて、キッコはふたりが座るテーブル席へと目をやった。

咲歩は相変わらず俯いており、璃子は背筋を伸ばして、そんな彼女を見つめている。会話はないが、お互いを拒絶しているわけではない。キッコにはそう感じられた。

その間にもまひろの仕事は進み、厨房のほうから包丁がまな板を叩くリズミカルな音が聞こえてきた。ほどなく、新鮮な玉ねぎの香りが鼻に抜ける。続いて、もう少し重くゆっくりと、なにかを切る音。

傍らのコンロでは大鍋が弱火にかけられ、空腹を誘う芳醇《ほうじゅん》な香りが湯気と一緒に立ち上り始めた。

それに気づいたのか、咲歩と璃子が厨房のほうへちらちらと視線を送っている。ふたりしてキッコに目配せをしてくるが、そちらには意味深な笑みを返しておくに留《とど》めて、キッコはまひろの広い背中を見た。

ガコン、と彼が、使い込んだフライパンをコンロにかける音が響く。青い炎が爆《は》ぜ、黒い鉄に塗られたバターが溶け、やがて泡立ち始めた。流れるような動作で、刻んだ玉ねぎがフライパンに投入され、大きな音が弾ける。

玉ねぎの食感を損なわないように木べらで優しく炒《いた》め、そこへ程よい大きさに切った鶏もも肉を投入。まひろはそれらに丁寧に火を通してゆく。香ばしい匂いが厨房からホールへと流れ出た。

「いい匂い……」

璃子が幸せそうに呟いた。

「ね！　これって、あたしの好きなオムライス注文したときと同じ匂い」

反射的に応じた咲歩が、はたと気づいて途中で言葉を切る。さっきまで俯いていた顔を上げ、璃子を見たまま、どうしていいか分からず固まっている。

「そうだね」

そんな咲歩を見て、璃子がにっこりと笑った。

厨房ではまひろが、フライパンにご飯を投入したところだった。木べらで切るようにして、リズミカルに混ぜ合わせながら炒めてゆく。バターと玉ねぎの旨味、鶏もも肉の脂がご飯に絡み、美しい照りを放ち始める。それを見届けたタイミングでトマトケチャップを加え、手際よく全体に行き渡らせる。

それだけでも十分に美味しそうなチキンライスが出来上がり、まひろはそれを素早く皿に盛り、形を整えた。そのまま動きを止めることなく、卵二個をボウルに割り入れ菜箸で溶くと、油を引いて熱した新しいフライパンに流し入れ、鮮やかな手付きで半熟のオムレツを作り上げた。フライパンを傾け、オムレツを皿に盛ったチキンライスの上にそっと載せる。そしてナイフでオムレツを裂くと、なかから半熟卵がふわりと溢れ、チキンライスを覆った。

そこでまひろは、傍らのコンロにかけていた大鍋の蓋を取った。お玉で掬《すく》ったのは、デミグラスソースでじっくり煮込んだ牛肉と玉ねぎ、特製のハヤシルーだ。それを、完成した半熟卵のオムライスのまわりに、たっぷりと回しかけた。仕上げに軽く乾燥パセリを振ると、真っ白で清潔なクロスで皿に飛んだルーの雫を拭い、まひろは満足げに頷いた。

「キッコ、頼む。すぐにもうひとつ出す」

提供台にそれを置くと、まひろは背を向け、厨房に舞い戻った。そして、全く同じ手順を繰り返し始める。程なく、もう一皿が出来上がるだろう。

キッコは湯気の立ち上る料理の皿をお盆に載せると、胸元からペンダントを取り出して握り、目を細めた。誰も、彼女の手元を見てはいない。

ペンダントトップを握る右手を顔の高さまで持ち上げると、キッコはそれを三回ほど、軽く振った。粉雪のような小さな光の粒が、彼女の手から舞い落ち、まひろが作った料理に吸い込まれるようにして消えた。

「璃子ちゃんの想い。柔らかな光。慈しむ気持ち」

キッコはその皿を、咲歩の前に運んだ。紙ナプキンやスプーンを並べてカウンターに戻ると、同じ料理がもう一皿、まひろの手によって提供台に置かれたところだった。

キッコはそれをお盆に載せ、まひろが背を向けた瞬間に、再びペンダントを握って、持ち上げた右手を軽く振った。先ほどと同じように光の粒が舞ったが、今度はもっと眩い。

「咲歩ちゃんの想い。木漏れ日の光。焦がれる気持ち」

今度はその皿を璃子の前に置いて、キッコは一礼をした。

「お待たせしました。どうぞ召し上がれ」

その声をきっかけにして、咲歩と璃子はスプーンを手にとった。そして、どこか気恥ずかしそうに顔を見合わせると、ふたり同時に皿の料理に目を落とした。

「美味しそう……」

「だね。……ねぇ、これって、ひょっとして」

「うん！　だよね？　あたしがいつも頼むオムライスと、璃子がいつも頼むハヤシライスが、一緒になってる！」

「オムハヤシだね」

頷き合うふたりに向けて、キッコがそっと言い添えた。

「メニューに載ってない、ふたりのためだけの一皿だよ」

厨房からこちらの様子をうかがっていたまひろが、それを聞いて、ふいと顔を背けた。

咲歩と璃子は顔を見合わせると、くすりと笑う。そしてふたり同時に、

「いただきます」

と言うと、料理をスプーンで口に運んだ。

バターと卵の、ふんわりとした優しい甘さ。じゅわりとした旨味をまとったチキンライスに散りばめられた、香り高い玉ねぎと、ぷりぷりとした鶏肉。少しの時間差で、さらに濃厚なハヤシルーと、口のなかでほどけるほど柔らかく煮込まれた牛肉が、存

在感を増してくる。

と、そこへ、まろやかで芳醇な香りが鼻に抜けた。よく見るとライスの隙間に、白いなにかがトロリと溶け出している。

「チーズ入ってる！」

全てが緻密に計算され尽くしたかのような、完璧な一皿だった。

「……んんっ！」

「美味しい……。すごく美味しいね」

ふたりはしばらくの間、夢中でスプーンを動かし、まひろ特製のオムハヤシを口に運んだ。皿の料理が少し減ったところで、璃子が口を開く。

「ねぇ、咲歩」

「うん？」

「最近、元気だった？」

突然そう訊かれて咲歩は戸惑い、それをごまかそうとコップの水を一口飲んだ。

「……うん。まぁまぁ。……璃子は？」

「それ、訊いちゃう？」

苦笑する璃子に、咲歩はしまった、という顔になり、目を伏せてしまう。

「知ってるんでしょ？」

質問の意味は分かっていたが、咲歩はしばらく答えられなかった。言葉を探しながら、オムハヤシをもう一度口に含む。そのとき咲歩は、不思議な感覚になった。

身体の芯が、妙にぽかぽかする。そして顔を上げて璃子の顔を見た瞬間、なぜか、璃子の心のゆらめきが感じ取れるような気がしたのだ。

彼女の恋を応援できなかったという事実から、璃子が自分に対して否定的な感情を抱いているのだとばかり思っていた。それが怖くてまともに会話もできず、疎遠になってしまった。

けれども、ひょっとしたらそれは、自分の思い込みだったのではないか？

璃子は自分を嫌っていない。憎んではいない。

それよりも、むしろ、温かい感情を向けてくれている。大切な想いを失って辛いはずなのに、それでも、気遣ってくれている。

なぜだろう。

なんの疑いもなく、そう思った。目の前に座る璃子の心が、分かる気がしたのだ。

咲歩はあごを軽く引いて、胸を張った。

「ん。知ってる。……ごめん。きっと辛いよね」

それなのに、あたしは……。と、言いかけて、気づいた。

こちらを見つめる璃子の表情を見て、分かった。自分の気持ちは、きっと璃子に伝わっている。自分が、璃子の感情を理解できたように。

そして、それはきっと……、あの夜の海辺で不思議な出来事を見せてくれた、〝魔法使い〟キッコの力によるものに違いない。咲歩はそう悟った。

「辛くない、とは言えないよ。でも、ちゃんと受け入れようとはしてる」

璃子が穏やかに言った。

「私じゃダメだったんだ、ってこと」

咲歩は、大きく息を吸い込んだ。素直な感情を、言葉にする。

「強いね、璃子は」

「強くなんかないよ」

「うぅん。あたしだったら、きっとムリ。すごいよ。尊敬する」

これまでのわだかまりが嘘のように、言葉がすらすらと出てくる。咲歩はそのことに驚きながら、璃子が自分をじっと見つめていることにも気づいていた。鼓動が速まり、頬に熱を感じる。

「あのさ……」

「うん？」

「なんか……、なんていうのかな。璃子……、あたしの考えてること、分かるでしょ？」

普通ならば笑い飛ばされてしまいそうな台詞を口にした自分自身に、咲歩は驚いた。

「びっくりした……。それ、私も、言おうとしてた」

驚いた表情で、璃子が呟いた。全ては今、この場所でしか起き得ない奇跡だと、ふたりは知らない。

「じゃあ、あたしが嘘を言ってないって……、分かるでしょ？　ほんとに璃子のこと、尊敬してる」

しばらくしてから、はにかんだ璃子が微かに頷く。

すると咲歩も、恥ずかしそうに髪を触った。

「なんか、めっちゃ照れる。逃げたい！」

「分かる。恥ずかしいね」

ふたりは笑い合い、どちらからともなく、食事を再開した。まひろ特製のオムハヤシは、少し冷めても美味しさが損なわれることがない。夢中でスプーンを操り、そのまま一気に完食してしまった。

「美味しかった。ほんとに」

「……ね？」

コップの水を一口飲むと、ふたりは余韻に浸るように、しばらく見つめ合っていた。

やがて璃子が、咲歩の顔を下からのぞき込むようにして言った。

「ねぇ、咲歩。……私が〝強くなんかない〟って、分かってるでしょ？」

「……」

「怖かったんだ。……自分の想いを伝えられずに、誰にも知られないまま、いつか〝なかったこと〟になっちゃうのが」

「……うん」

「自分のことだけだよ。私が考えてることなんて」

璃子がどこか自嘲気味に笑った。

「ちっぽけな自分の想いを守るのに、精一杯」

「そんなこと……」

そこで言葉に詰まり、少し俯いた咲歩に向けて、璃子は微笑みかけた。

「本当に強いのは、咲歩のほうだね」

「そんなこと！　……ない」

咲歩の返答を予想していたかのように、璃子が口角を上げた。

「私はただ、自分に嘘をつきたくなかっただけ」

「あたしも、おんなじ。自分の気持ちに、嘘はつきたくない！」

勢い込んで、咲歩が言った。けれども、言葉が続かない。長い沈黙を経ても目を泳がせることしかできない咲歩に向けて、やがて璃子が、にっこりと微笑んだ。

「でも、私……、なんだか嬉しい。だって、咲歩の気持ちが」

「待って！」

頰を真っ赤にした咲歩が遮った。

「待って、璃子」

「……なぁに？」

囁いた璃子に、咲歩はなんとか声を絞り出した。

「ちゃんと……、言うから。自分の言葉で」

咲歩が目を伏せた。璃子はそんな彼女を、まっすぐに見つめている。

店内に、もう一度、静寂が落ちた。

カウンターの傍に佇むキッコとまひろは、どこか祈るような気持ちで、ふたりが座るテーブル席のほうを見ている。

やがて、咲歩が顔を上げた。その瞳には、静かな決意の色が満ちている。

「……あたし、璃子のことが、好きだよ」

璃子は穏やかな笑みを浮かべているが、微かに頬が上気している。向き合う咲歩の瞳が、潤んでいる。

「……それって、どういう意味で？」

「親友だと思ってる。でも、それ以上に璃子のこと、大切だって思う。尊いって思う。……これからも傍にいたいって思うし、璃子にもそう思ってもらえたら、すごく嬉しいな、って思う」

最後は消え入るような声で、こう付け加えた。

「……手を」

「ん？」

「繋ぎたいな、って、思う」

璃子はその言葉を噛みしめるようにして、優しく微笑んだ。

「うん」

俯いた咲歩の瞳から、涙がこぼれ落ちた。

「……めっちゃ、好きなんだよ。ホントに」

少し離れたカウンターの傍で、キッコがまひろを振り返った。

彼女のブラウンの瞳が、揺れている。静かだが、歓喜と矜持の感情がよぎり、少し遅れて、わずかな不安の色が見え隠れする。

万華鏡のように変化するキッコの表情を、まひろは素直に綺麗だと思った。それを自覚して急に恥ずかしさを感じ、それが顔に出ないように細心の注意を払いながら、やれやれといった風情で、口元だけでニヒルに笑ってみせた。

「咲歩、ありがと。もらった想い、大事にする」

璃子はそう言って、テーブルの上で、咲歩の震える両手をそっと握った。

堪え切れず、咲歩が背を丸めて、嗚咽を漏らした。

そんなふたりの姿を、店内の白熱灯が優しく照らし出していた。

＊

キッコが〝魔法〟でお節介を焼こうが、まひろが苦々しい顔をしながらもそれに手を貸そうが、翌日からのひなた食堂の日常に変わりはない。

今までと変わらず、ときにせわしなく、ときにゆったりと流れる時間のなかで、まひろとキッコは食堂を訪れる客たちを精一杯もてなすだけだ。

そんな日々を繰り返し、半月ほどが経っていた。

あれから、咲歩と璃子はひなた食堂に顔を出していない。

自分たちのしたことが、彼女たちになにをもたらしたのか、気にならないわけではない。だが、それに思い悩むことに意味はない。まひろは割り切っていた。

一方でキッコは、まひろがそう考えているであろうことに勘付きながらも、気が気ではなかった。落ち着き払った彼の態度にときに苛立《いらだ》ったりしながらも、それを話題にすることを無意識に避けている自分がいた。

……もし、自分のお節介が、彼女たちを不幸にしてしまったら。

『あのとき』のように。

時折やってくる細切れの恐怖に目を背けるでもなく、それに飲み込まれるでもなく、キッコはなんとか日々を乗り越えていた。

そして。

忘れた頃にやってくる便りのように、それはある日の夕暮れ、開かれた引き戸の向こうから姿を現した。

「あ、翔太くん。いらっしゃい」

そこには、制服姿の眠そうな目をした男子高校生、上原翔太が立っていた。

「ちわ。神保さん、いますか？」

「今ちょっと厨房で手が離せないんだ。代わりに、わたしでもいい？」

「……あ、はい。えっと」

翔太が照れくさそうに、目を泳がせている。五秒ほどしてから、キッコはようやくその理由に思い当たった。

「わたし、アルバイトの水島季湖です。よければキッコって呼んでください」

「……キッ、コさん。えと、これ。商店組合のお知らせです」

彼が差し出した印刷物を、両手で受け取る。

「ありがとう。……そういえば、バザー、どうだった？」

翔太が少し嬉しそうに、はにかみながら答えた。

「そこそこ、イイ感じでした。爺ちゃん婆ちゃんたちも、喜んでくれたし」

「素敵な企画だったもんね」

「あ、あざす。……じゃあ、俺はこれで」

ひとしきり照れてから、翔太は素早くお辞儀をして、くるりと回れ右をした。戸口を出ようとしたところで、はたと思い出したように立ち止まり、キッコを振り返った。

「そうだ。……あの、田島に、伝えてくれって頼まれたんですけど」

「タジマ？」

「はい。田島咲歩」

キッコの眉が、小さく動いた。

「咲歩ちゃん？」

「『今度また、裏メニュー食べに行きます』って」

キッコの口元が、わずかにほころんだ。

「ありがとう。まひろにも伝えるね」

「裏メニューなんて、あるんですね」

キッコは控えめな微笑みを返した。

「ふたりで行くって、言ってました」

「……ふたり」

キッコが復唱すると、翔太がこともなげに言った。

「新城璃子と。あのふたり、付き合ってるから」

「……つき、あってる？」

「はい」

当然といった様子で、翔太が頷いた。

「……そうなんだね」

キッコはゆっくりと、大きく息を吸った。少し、翔太に近づく。

「キミは、どうしてそれを？」

「あー、なんだろ。田島が教えてくれたんで。『あんたも無関係じゃないから』って」

「……へぇ」

いたって自然体で佇む彼をまじまじと見つめてから、キッコはふっと口角を上げる。

「カッコいいね」

「え？」

「キミのこと、そう言ってた人がいたから」

さすがに翔太は面食らったようだった。しばし視線を彷徨《さまよ》わせたのち、しどろもどろになって言った。

「そ、そうすか」

「まわりくどいか。……璃子ちゃんから聞いたんだ。キミに告白したって」

翔太が絶句している。

「ごめんね。こんな話して」

「……いや、大丈夫です。新城が言ったなら、俺にどうこう言う権利はないんで」

優しい少年だな、とキッコは思った。

「訊いてもいい？」

「な、なんすか？」

頬を染めた翔太が、寝癖のついた髪を手で押さえる。キッコは彼の瞳を見つめて、まっすぐに問うてみた。

「どうして、告白を断ったの？」

翔太は目を丸くした。戸惑いの表情が浮かぶが、キッコは目を逸らさなかった。

「……どうして、って。それは」

やがて翔太が、キッコの瞳を見つめ返して、ゆっくりと言った。

「新城璃子の気持ちを受けるには……、自分、まだまだ中途半端だと思って」

キッコは浅く頷いて、続く言葉を待った。

「もちろん嬉しかったし、舞い上がりました。……けど、いつも田島が、新城璃子のこと大事だって、耳タコなくらい聞かされてて。あぁ、もちろんそのときは、『友達として大事』ってことだと、思ってましたけど」

翔太はそこで言葉を切ると、キッコから視線を外した。

「ふたりが付き合うことになったたって聞いて、なんか、すげぇストンと落ちたんです。あぁ、やっぱそうだよな、って。本当の気持ちって、そういうことだよな、って。報告してくれたとき、田島のやつ、めっちゃ幸せそうでした」

キッコは思わず彼に歩み寄ると、いきなりその手を取った。

「すごいね。誰かの想いが分かるなんて。……魔法使い？」

「え⁉　……ち、違います」

顔を赤くして後ずさる翔太に向けて、キッコはにっこりと微笑んだ。

「そっか。でも、良かった」

「……？」

「咲歩ちゃんが幸せなら……、本当に良かった」

キッコの顔に、控えめながら、まっさらな笑顔が弾けた。

翔太は思わず、目を細める。

それはまるで、新緑の木々からこぼれ落ちる木漏れ日のように、眩しかった。

第一・五話　ここではないどこか

「キコ、視えるでしょう？」

おばあちゃんは、幼い私に向けて、優しい声で言った。

「でも、それをそのまま口に出しては駄目よ」

「どうして？」

「みんなが同じように、視えるわけじゃない。驚いてしまう人もいる」

おばあちゃんと同じ色をした私の髪を、慈しむように撫でてくれる柔らかな手の感触が、大好きだった。

「キコだって、友達が空を飛んだら、驚くでしょう？」

「お空を!?　すごい！」

親しい友達が背中の羽根で空を飛ぶ。無邪気な空想に歓声を上げた私を見て、おばあちゃんは綺麗なブラウンの瞳を細めた。

「心が視えることは、空を飛ぶことよりも、もっとずっと、怖いことなの」

大好きなその瞳を、じっと見つめる。おばあちゃんを見ているときは、他の人のときのように〝うるさく〟ない。とっても静かで、落ち着く。

「お義母《かあ》さま。季湖が信じてしまいますから」

お母さんが、広い部屋の向こうから、困ったような声で言う。真っ黒な髪をした、お母さん。もし私があんな色の髪だったら、似合わなかっただろうな。

お母さんの傍に立って、お父さんはじっと私を見ている。まるで睨《にら》んでいるみたい。

私は怖くて、大好きな匂いのするおばあちゃんに、思いっきり、しがみついた。

＊

ドイツを離れて日本で暮らすようになると、父と母の会話は次第に減っていった。

「……お父さんの気持ち、とってもふわふわしてて、踊ってるみたい」

低学年の頃、家で不機嫌そうな顔ばかりしている父の感情がふと視えた。

外見とのギャップが気になって、深く考えずに言葉にした。その頃には私の力を不本意ながらも認めていた母は、能面のような顔で長い時間をかけて私をじっと見て、
それから小さな声で、

「そう」

とだけ言った。

その日を境にして、両親は私の前でほとんど話さなくなった。

そして（とくに母は）、私の力を今まで以上に毛嫌いするようになり、自然と私も、自分が視たものを言葉にしなくなっていった。

高学年になる頃には私も、両親の不和の原因がお互い仕事で忙しいことだけではないことに、うっすらと気づいていた。

実際、父の心は大きく揺れていた。誰かに向けた想いが不自然なほど大きく波打ち、「ここではないどこか」に行きたがっているのが分かった。母に悟られてはならないと必死で平静を装ったが、そのことがさらに私を苦しめた。

夜、部屋でひとりになると決まってベッドの上で丸くなり、亡くなった祖母の形見を握りしめて、祈った。

「……おばあちゃん、助けて」

雫型の赤いペンダントトップが光を放つことはなかったが、耳の奥で在りし日の祖母の声が聞こえる気がした。

『心が視えることは、空を飛ぶことよりも、もっとずっと、怖いことなの』

数え切れない夜、震えて涙を流しながら、眠りについた。

ときには両親に、互いを慈しむ気持ちの切れ端が視えることもあった。

『でも、それをそのまま口に出しては駄目だよ』

祖母の声は心の拠《よ》り所《どころ》であり、呪いでもあった。

私は怖かった。

自分の言葉がなにかを変えてしまうことが怖くて、口をつぐみ続けた。

そして数年後、両親は自分の想いを言葉にすることなく、互いの気持ちをすれ違わせたまま、夫婦であることをやめた。

＊

私は母とふたりで暮らし始めた。

母は父を責めるどころか、初めからそんな人などいなかったかのように振る舞い、その様子は極めて平穏ではあったが、私からすればどうしようもなく滑稽でもあった。

母は気味が悪いくらい、私に優しかったけれど、私の力については、触れることを避け続けた。

思春期を迎えて、私はそんな母を嫌悪するようになった。

私の力を否定し、間接的に私の口を封じ、その結果、父の存在を消し去った母を憐《あわ》れむ気持ちは、欠片《かけら》ほども湧いてこなかった。

「あのとき視えた両親の気持ちを、わたしがちゃんと言葉にしていれば、ふたりは離婚しなかったかもしれない」

心を閉ざした私は、そんなどうしようもない後悔を自らの胸に抱え続けることができず、ごまかすようにそれを怒りに転化し、力任せに母へと向けた。

そして同時に、これまで逃げ続けてきた自分自身にも、反旗を翻すことにした。

おばあちゃんから受け継いだ大事な力を、私は否定しない。

大切なものが壊れるのを指をくわえて見ているくらいなら、たとえお節介と言われようとも、私は声を上げ行動する。

誰かの想いが、誰にも知られず消えることが、ないように。

そう決めた。

＊

「人の想いを分かったつもりになるのは、傲慢だよ」

大切な友人が放った静かな声が、私の鼓膜を震わせる。

「……あんたがそうだったなんて、知りたくなかった」

その言葉は、どんな罵倒よりも、私の心を無残に切り裂いた。

そして私は、逃げ出した。

自分の力とどう向き合えばいいのか、分からなくなった。

自分の力が、怖くなった。

決めたのに。

私は私の力を否定しないって、決めたのに。

やっぱりこの力は、大切なものを壊すことしか、できないんだろうか。それを守ることは、できないんだろうか。

私が力を使おうが使うまいが、どうしていつも、私のまわりにある誰かの大切な想いは、壊れてしまうのだろう。

どうしようもなく、自分自身が怖かった。

誰かと一緒に生きられるなんて、思えなかった。

どこに行けばいいのか、分からなかった。

だから私は、逃げ出した。

＊＊＊＊

もう三月も末だというのに、冷たい雨が降り続いていた。

桜はこれからが見頃だが、この調子だと週末の花見客は減りそうだ。

まひろは最後の客が傘をさして去っていくのを見送ると、店の軒先で両手を腰に当て、大きく背中を反らせた。立ち仕事で凝り固まった上半身がバキバキと音を立てる。

時刻は午後十一時前。これ以上客が来る気配もないし、今日はもう閉めてしまおうか。

今日の売上は、可もなく不可もなく。相変わらず、地元の常連客に支えられていることを実感する。

このところランチは魚が人気なので、肉料理を入れ替える頃合いかもしれない。夜は思ったより野菜がよく出たので、仕入れ量を調整しないと……。

「……やっぱりひとりで取り回すのには、限界があるな」

思わず弱音がこぼれた。

考えるべきこと、やるべきことはいくらでもある。

さすがにそろそろ、人手が欲しい。

……しかし、人付き合いが苦手でコミュニケーション能力に難のある自分が、この小さな店で誰かと一緒に働くことなど、できるのだろうか。イメージできない。

そんなことを考えながら暖簾に手を伸ばしかけたところで、何気なく路地の向こうに目をやった。

すると、すばな通りからひなた食堂に通じる小道の向こうに、誰かが入ってきたのが分かった。頼りない街灯の光に照らされたその姿を、まひろは目を細めて見る。遠くて顔までは分からないが、結構な雨なのに雨具を使わず、びしょ濡れのようだ。観光客が迷い込んだのだろうか？

そのとき、店の奥にある電話が鳴った。まひろは一瞬迷ったが、入り口の引き戸を閉め、電話に駆け寄った。

電話の相手は常連客で、週末の予約依頼だった。精一杯愛想の良い声を絞り出し、三分ほどで用件を聞き取り終え、まひろは受話器を置いた。

予約メモを取り終えて短いため息をつくと、まひろは改めて暖簾を下ろそうと、入り口へと向かった。ガラリと引き戸を開けた瞬間、

「ひゃっ！」

という短い悲鳴のような声が聞こえた。驚いて声の出どころを探すと、軒先の隅のほうに、誰かがしゃがみ込んでいる。パーカーに、ショートパンツ、スニーカー姿。ほっそりとした体軀の若い女性だ。被ったフードの下で濡れた金髪が額に貼り付き、怯えたような目でこちらを見上げている。

先ほど路地に入ってきたのは、この女性だったのだろう。

「……お食事、ですか？」

まひろは冷静を装い、静かに聞いた。それが逆に、冷徹な声に聞こえたのかもしれない。女性はさらに怯えた様子で口を結び、両手で自らの細い肩をきゅっと抱いた。

……しまった。

まひろは慌てて、視線を外した。

自分ではまったくそんなつもりはないのに、生まれついての『凶悪な』目つきが相手を不必要に怖がらせてしまう経験は、嫌というほど繰り返してきた。

いつもは細心の注意を払っているのだが、閉店間際ということもあり、気が緩んでいたのかもしれない。

「とりあえず、入ったらどうですか。……風邪ひきますよ」

それだけ言うと、まひろは店のなかに引っ込んだ。戸は開けたままにしてある。奥からタオルを二枚取ってきて、テーブル席にそっと置いた。そして相手を警戒させないように自身はカウンターのなかに入って、食器を片付け始めた。

二分ほど経った頃だろうか。

きしりと床が鳴る音に顔を上げると、店に足を踏み入れた彼女が所在なげに佇んでいる。

「良かったら、それ」

タオルをちらりと見てから、まひろはすぐに視線を手元に戻し、洗い物を再開した。

しばらくして、女性がおずおずとタオルに手を伸ばすのが分かった。

「……ありがとう」

小さな声でそう言ってからパーカーのフードを脱ぎ、濡れた髪をタオルで押さえる。

まひろは彼女を凝視しないように気をつけながら、ちらりちらりと観察した。荷物は、小さなリュックだけ。やはり、日帰りの観光客だろうか。

やがてまひろの後片付けは終わってしまった。彼女もタオルを置いたが、座ろうとはしない。この店の客ではない、ということか。気まずい沈黙が流れる。

「あの、もしよかったら……、傘をお貸ししましょうか？」

「……えっ？　あ、あぁ、傘、ですか。そうですね、助かりま……」

彼女の声が尻すぼみに消えた。視線を彷徨わせ、最後には俯いてしまう。

「電車、ですよね？　江ノ電だったら、あと三十分もすれば終電に」

「傘借りても、行くところが」

まひろの言葉を、彼女が遮った。

「……ないんです」

俯いたままそう言った彼女の横顔を見つめて、まひろは声を絞り出す。

「行くところがないって……、家は？」

彼女は小さく首を横に振った。

「家賃、ずっと払えてなくて。三ヶ月くらい待ってもらったけど……。新しい人に貸すからって、追い出されちゃって」

「そんな……。家具とかは、どうなるんですか？」

「ほとんど、なにも持ってなかったから。新しい住所を連絡すれば、まとめて送ってくれるそうです」

「そんな力づくで追い出すなんて……、許されるの、か？」

驚きと憤りの混じった声でまひろが言うと、彼女は力なく笑った。

「もともと人づてに紹介してもらって、かなり安く住まわせてもらってたから……。文句言えた義理じゃないです。家賃払えなかった、わたしが悪い」

彼女には、帰る場所がない。そして、終電は近い。

それはつまり……、どういうことだ？

「じゃ、じゃあ、ビジネスホテルとか？　藤沢まで行けば、安いとこあるだろうし」

彼女は返事をしなかった。俯いたまま、唇を噛んでいる。

まひろはそれを見て悟った。慌てて取り繕おうとしたが、ふさわしい言葉が思いつかない。焦って目を泳がせていると、やがて彼女がぽつりと言った。

「お金が……、全然……、ないんです」

そう言った彼女はおもむろに白い両手で顔を覆うと、その場にしゃがみ込んでしまった。緊張の糸が切れてしまったように項垂《うなだ》れ、肩を落としている。動きたくても動けない、そんな様子に見えた。

金を貸せばいい？　警察を呼ぶべきか？

まひろは必死で考えたが、正解が分からない。

そのときどこからか、きゅう〜、という音が聞こえた。

……なんの音だ？

再び、くう、という音がする。うずくまった彼女が、両手をお腹《なか》に当てて、さらに小さく縮こまるのが分かった。

「……っ」

彼女のそんな様子を見た瞬間、まひろのなかで、なにかのスイッチが入った。

短く息を吸う。指先で頭の和帽子をそっと直すと、彼は〝仕事〟を開始した。

厨房に飛び込むと業務用冷蔵庫を開け、半玉ほどのキャベツと、ラップがかけられた銀色のバットを取り出した。

まひろは手を洗って包丁を持つと、キャベツをまな板に載せ、流れるような動作で千切りにしてゆく。適量をザルに取って流水で洗うと、手早く水気を切って、皿に盛り付けた。

いつしか金髪の彼女は顔を上げ、驚いたような表情でこちらを見ている。

続けてまひろは、フライパンに油を引いて火にかけ、換気扇のスイッチを入れる。バットのラップを取ると、そこには酒、醬油《しょうゆ》、おろし生姜《しょうが》、みりん、砂糖を合わせたタレに、豚ロース肉のスライスと、細かく切った玉ねぎが漬け込まれていた。

鉄と油が加熱され、煙を立て始める。菜箸を手にしたまひろの目が、少し鋭くなる。そこから彼は迷いなく、豚肉をフライパンに投入した。弾けるような爆音が厨房に響き、同時に香ばしい匂いが立ち込める。さらに玉ねぎを加えて火を強め、まひろはそれらを手際よく炒めてゆく。菜箸を操ってリズミカルに豚肉を返し、バットに残っていたタレを全て投入し、肉と玉ねぎに絡め合わせる。

やがてタレの水分が飛ぶとともに、豚肉が輝くような照りを放ち始めた。フライパンを揺すってそれを全体に行き渡らせると、豚肉を引き上げ、キャベツを盛った皿に並べた。続けて玉ねぎをその脇に盛り、最後にフライパンに残ったとろみのあるタレを、豚肉と玉ねぎに回しかけた。

まひろは定食用の盆に、今しがた完成した一皿と、炊飯器に残っていた温かい白米をよそった茶碗《ちゃわん》を並べた。そして最後に、保温用のジャーにあった豆腐の味噌汁《みそしる》を椀《わん》に注ぎ、小口切りにした万能ネギを散らしてから、盆に載せた。

わずか五分ほどで、湯気が立ち上る『豚肉の生姜焼き定食』が完成した。

まひろはカウンターの外に出ると提供台から盆を取り、それをテーブル席に置いた。

「……よかったら、どうぞ」

呆気《あっけ》に取られた彼女が、まひろの顔と、テーブルの料理を見比べた。

「え……、でも……。わたし、お金が」

「ここは、腹を空かせた人が飯を食う場所だから」

まひろは逃げるようにカウンターに引っ込んだ。

「……いいん、ですか？」

しばらく躊躇《ちゅうちょ》していた彼女が、テーブルの上に置かれた料理を凝視している。

「もちろん」

どこか恥ずかしそうに、おずおずと席に向かう彼女を見て、まひろは慌ててコップに水を入れて、おしぼりと一緒にそれを運んだ。

「……いただき、ます。……美味しそう」

テーブルに備え付けてある箸入れから一膳取って手を合わせると、彼女は小さな声でそう言った。

少しだけ迷って、彼女はキラキラと照りを放つ豚肉に箸を伸ばす。とろみのあるタレと絡んだ玉ねぎと一緒に、それを口に運んだ。ゆっくりと咀嚼《そしゃく》するにつれて、どこか強張っていた彼女の表情が、次第に柔らかさを取り戻してゆく。夢中で生姜焼きを食べ、白米を口に運び、味噌汁椀を手にする。彼女は食べながら、ゆっくりと目を閉じた。そこに、澄んだ涙が滲んで、彼女は慌てて顔を伏せた。

「……美味しい。……美味しいよぉ」

言葉がこぼれ落ち、彼女は感情を堪えきれなくなったように、嗚咽を漏らし、鼻をすすった。今や涙が溢れ、彼女の両頬を濡らしている。

厨房に引き返してフライパンを洗っていたまひろは、彼女が泣きながら空腹を満たしてゆく様子を遠巻きに眺めながら、不思議な満足感に包まれていた。

二十分ほどかけて、彼女は食事を終えた。まひろはとっくに洗い物を片付け終えていたが、ホールに出るタイミングが摑めないまま厨房にいた。彼女が箸を置いたのを見たところで、思い切ってテーブルに近づいた。

すると彼女が立ち上がり、ぺこりと頭を下げた。

「ごちそうさまでした。……すごく、美味しかった」

「そりゃ良かった」

ぶっきらぼうにそう言って、まひろは照れを隠すように、慌てて食器を下げようとした。そのとき彼女が顔を上げて、ずいと近づいてきた。

「あの……、ありがとうございました」

まひろは驚いて、手を止める。

「こんな怪しいヤツに、ご飯作ってくれて」

「いや、俺は……。飯作るくらいしか、できないから」

「でも、ごめんなさい。わたし、お金がなくて……。どうやってお礼をすれば……」

彼女が言いにくそうに呟いて、まひろはその問題を思い出した。彼女は住んでいた部屋を追い出されて、帰る場所がないというのだ。

「どこか、行くあては？」

力なく首を横に振る彼女。

「それじゃあ、とりあえず今日は……」

どうするっていうんだ？　まひろは自分がなにを言おうとしているのか分からず、

混乱した。それでも、言葉は口をついて自然と出てきた。

「ウチに泊まる、とか」

「いいんです……、か？」

彼女が両目を見開いた。

「あ、あぁ。俺がひとりで住んでるだけだから、部屋は余ってるし……」

待て、それは逆に、相手を不安にさせてしまうのでは？　まひろは瞬間的に後悔したが、どうやら杞憂《きゆう》だったようだ。

「すごく……、助かります。……あ」

彼女はなにかを思い出したように、神妙な顔つきになった。

「あの……、ごめんなさい。自分を守らなきゃならないので。少し、失礼します」

まひろは、彼女がいったいなにを言っているのか、分からなかった。

そのとき、彼女のブラウンの瞳に、どこか透き通った不思議な輝きが宿る。その眼差しは、まひろがこれまで感じたことのない力で、彼の意識を惹《ひ》きつけた。

「……」

そのまま、沈黙の時間が過ぎる。

やがて彼女がふっと短い息を吐いた。と同時にその瞳から不思議な輝きが消え失《う》せた。彼女の口から、独り言のような囁きが漏れた。

「こんなに〝視えない〟の、初めて……」

「……え？」

「でも、大丈夫そう」

「今のは？」

「ごめんなさい。なんでもないです。……お礼にお店、手伝わせてください」

「手伝う、って……」

「バイト経験だけは豊富なので、ひと通り、できます」

まひろは耳を疑った。つい数十分前に『そろそろ人手が欲しい』と呟いたことが、まさか現実になるなんて。

「閉店作業、教えてください。洗い場は……」

彼女は食べ終えた定食用の盆を抱えると、カウンターのなかをのぞいた。

「あ、あぁ、そこのシンクで……。洗剤は、こっち」

あまりの急展開に呆気に取られつつ、まひろは不思議な気持ちを抱いていた。

なによりも人付き合いが苦手な自分が誰かと一緒に働くなんて、少しも想像できない。ついさっきまで、そう考えていた。

なのに。

なぜだろう。

出会ったばかりの彼女とは、それができそうな気がしたのだ。

「自己紹介が、まだでした」

彼女が突然こちらを振り返り姿勢を正したので、まひろはその美しい立ち姿に思わず見惚れてしまった。

「わたし、水島季湖といいます。人からはキッコと呼ばれたり、します」

キッコが微笑み、まひろも口を開く。

「あぁ。ここは、ひなた食堂。俺は……」

第二話　黄昏《たそがれ》と海老フライ

「それって、タダで？」

その綺麗な顔に、うっすらと笑みを浮かべながら、若い彼女が訊いた。

「当たり前だろ。貴重なフィルムをお前に使ってやるんだから、感謝されてもいいくらいだ」

同い年くらいの彼が、憮然《ぶぜん》とした表情で答える。

それを受けて、彼女はますます楽しそうな声で、いたずらっぽく言った。両手を後ろで組んで、彼に背を向けながら。

「そんなの、頼んだ記憶ないなぁ」

「頼まれたから言ってんじゃなくて」

そこで言葉を切って、彼は口ごもった。

「……ん？　じゃあこれって、誰の頼みなわけ？」

振り向いた彼女がショートカットの黒髪を揺らしながら、彼の顔をのぞき込む。彼女の大きな瞳から慌てて目を逸らし、彼は咳払《せきばら》いした。両腕を組み、そっぽを向いて、ふんと鼻を鳴らす。

「んー？」

それでも、彼女は見逃すつもりがないようだ。さらに顔を近づけ、彼の前に回り込んだ。彼はたじろいでいたが、やがて観念したように、蚊の鳴くような声で答えた。

「……俺だよ」

「え？」

笑みを堪えきれない彼女に向けて、彼は声に力を込めた。

「俺が頼んでるんだ！」

「ふふーん。なるほどねぇ。……わたし、キミにお願いされちゃってるわけだ？」

これ以上彼女にやり込められてなるものか、と、彼は勢い込んで言った。

「分かった分かった！　交換条件を出してやる」

「それは殊勝な心がけ。……で、どんな？」

彼女が乗ってきたことで、彼は少しばかり落ち着きを取り戻した。

「なんでも好きなもの、食わせてやる！」

勝算があるわけではなかった。ひょっとしたら、鼻で笑われるだけかもしれない、という危惧もあった。そうなれば次の手を考えなければならない。

ところが、彼女の表情を見て、どうやらそれが杞憂だったと分かった。

「ほんと⁉　なんでも？」

「……お、おう」

とんでもない高級店の名前が飛び出さないか心配になり、急いで財布の中身を思い出そうとするが、思考は霧散してしまう。

「わたし、行ってみたいお店があるの！」

心底嬉しそうに、弾む声でそう言った彼女に、思わず見とれてしまったからだ。

彼は自分の顔が熱くなるのを感じた。

「……聞いてる？」

「あ、あぁ！　聞いてる。なんていう店だ？」

「えっとね、すばな通りの近くにある『ひなた食堂』っていう、可愛らしい名前のお店。海老《えび》フライが美味しいんだって！」

＊＊＊＊

目の回るような忙しさだった五月の連休が過ぎ去った、次の週の火曜日。

ひなた食堂の定休日に、まひろとキッコは鎌倉《かまくら》市内にある病院に来ていた。

「まひろパパ、元気かなー」

手土産が入った小さな紙袋を持ったキッコが、正面入り口の自動ドアをくぐりながら呟いた。

入ってすぐの総合受付で面会者用のバッジを受け取りながら、まひろは軽く肩をすくめる。父の容態に関して、病院から連絡が来たわけではない。

「相変わらずだろうよ」

混雑するエレベーターを横目に、階段で旧病棟の三階へ。入院病棟のナースステーションで面会先を伝えてから、病室へと向かう。

「……あれ？」

空っぽのベッドを見たキッコが、心配そうな顔でまひろを振り返る。

「リハビリ中だろ。車椅子もないし」

まひろはベッド脇を指し示した。いつもはそこに、移動用の車椅子が置いてあるからだ。

「ここで待つ？」

不安を隠し切れない表情で、キッコが尋ねてきた。

「談話室に行くか」

まひろは回れ右をして病室を出た。四人部屋で、他の入院患者もいる。不安なキッコをただ黙って座らせておくというのも酷だろう。

「リハビリのお部屋に行って応援するのは？」

「嫌なんだってよ。リハビリしてるところを、知り合いに見られるのが」

まひろは鼻で笑った。

来た道を戻りナースステーションの前を通り過ぎると、エレベーターの向かい側に談話室があった。窓から柔らかい陽光が降り注いでいる。大きなテーブルやソファが配置され、自由にくつろげるようになっているようだ。

「あら、素敵なお花」

姿勢良くソファに腰掛けていた先客が、キッコの手元を見て話しかけてきた。黄色いカーディガンを羽織った、落ち着いた物腰の高齢女性で、白い髪を肩のところで緩やかに束ねている。

「あ、プリザーブドフラワー、なんです」

キッコは微笑んだ。

「お見舞いには最適ね」

上品に微笑んでから、女性はキッコのことをまじまじと見つめた。

「あなた、不思議な瞳をしているのね」

キッコは紙袋の持ち手を、ぎゅっと握りしめた。

「深みのあるブラウンがとっても綺麗。こうして見ていると、なんだか吸い込まれてしまいそう。素敵ね」

「あ、ありがとう」

「それに、すごく綺麗な髪の色」

女性に熱っぽい視線を向けられて、キッコは自分の髪を指先で弄びながら、口ごもってしまう。あまりこういうのは、慣れていない。

まひろは後ろに黙って佇んでいたが、珍しくキッコが難儀しているのを見て、軽く咳払いをした。すると女性がはっと気づいたように、両手を口元に当てた。

「あら、ごめんなさい。どうぞおかけになって。本当に素敵だったから、つい」

「いえ、大丈夫です」

慌てるキッコに向けて、女性は柔和な笑みを浮かべた。

「あのね。わたしね、『素敵だな』って思ったことは、できるだけすぐ口に出して言うようにしてるの。どうしてか、分かる？」

「……えっと」

ソファに腰かけながら、キッコが救いを求めるようにまひろを見た。隣に座ったまひろはしばらく考えてから口を開きかけたが、思いとどまり、キッコをちらりと見返す。それからすぐに視線を女性に戻し、どこかぶっきらぼうに、こう言った。

「……言葉にしなければ、伝わらない？」

女性がぱっと顔を輝かせる。

「そう！『言わなくても察して』じゃダメだわ。……それとね、あともうひとつ、大事な理由があるの。分かる？」

そう問われたまひろは眉根を寄せて考えていたが、今度は降参とばかりに、小さく肩をすくめた。女性がそれを見て、口角を上げた。

「答えは、『そのほうが幸せだから』」

「どういうことですか？」

キッコが訊いた。

「簡単なことなの。『素敵だな』って思う気持ちは、喜びでしょう？　喜びの気持ちは口にして伝えれば、二倍になる。悲しみの気持ちは口にして分かち合えば、半分になる。長く生きてきたあいだにね、恥ずかしかったり、自分が意固地になっちゃったりして、それができずに、たくさん後悔してきたの。だからもう、後悔したくないな、って。感じたことは、ちゃんと伝えよう、って。そう思うようになったの」

キッコはそれを聞いて、素直に感心した。

「素敵ですね」

思わず顔がほころぶ。すると女性も、嬉しそうに微笑んだ。

「ありがとう。嬉しいわ。……ね？　二倍になったでしょう？」

そのやり取りを見ていたまひろが、ふ、と短く笑った。初対面の相手とここまで開けっぴろげなコミュニケーションを取れるなんて、ずいぶんと社交的な人だ。客商売をしている身ながら、自分にはできないことなので、まひろは素直に尊敬した。

さらに気持ちもほぐれたのか、女性は上機嫌で身の上話を始めた。

彼女には、若い頃にお見合いで結婚して長年連れ添ったパートナーがいたが、一年前に病気で亡くなってしまったこと。

「一緒にいたときは分からなかったんだけど、今思えば、ずいぶんと自分勝手な人だった。食べ物の好みなんか、全然合わなくて。わたしはもう長いこと、自分の好きなものさえろくに食べられなかったから……。それでね、ひとりになったでしょう？　だからやっと好きなものを食べられるな、と思ったら、今度は自分が身体を壊しちゃって。ままならないものね」

女性はあくまで穏やかな声で語ったが、表情には少しだけ寂しそうな色がよぎった。

その様子をじっと見つめるキッコのブラウンの瞳が、透き通った輝きを宿している。

キッコは、女性から滲み出る想いの輪郭を感じ取っていた。それはまるで、長い時間をかけてゆっくりと降り積もったかのような、柔らかく優しい想いだ。

故人である、彼女のパートナーに向けられたものだろうか。

「……？」

キッコは、不思議な感覚を抱いて、少し首を傾げた。

女性の想いには、特徴的な波長が感じられた。緩やかに、穏やかに、今も誰かに向かっている。

「これから美味しいもの、たくさん食べるぞ！　って、張り切ってたのに」

笑いながら語る女性を見つめながら、キッコはその穏やかな想いの手触りに身を委ねた。

「お、ここにいたのか」

そんな声が聞こえて、キッコは我に返った。

顔を向けると、談話室の入り口に、車椅子に座った声の主がいた。

「まひろパパ」

「来てくれたのか、キッコちゃん」

まひろの父、神保克行が人懐っこい顔をくしゃくしゃにして笑う。改めて見ても、

『凶悪な目つき』のまひろとは、似ても似つかない。……ということは、まひろの外見は、母親譲りなのだろうか。キッコは一瞬、そんなことを考えた。

「店のほうは、どうだ？」

「バッチリ。まひろもがんばってるよ」

すると克行が、まひろをすがめ見た。

「お前、ちゃんとキッコちゃんに休み、あげてんだろうな？」

「当たり前だろ。今日がその貴重な休みだよ」

ぶっきらぼうに答えるまひろに、克行は肩をすくめてから、キッコに向き直った。

「キッコちゃんは普段、休みの日は、どうしてるんだ？」

「部屋でぼんやりしてるかな」

「ほぉ、そうか」

「海辺にひとりで座って、ぼーっとするのも好き」

うんうんと嬉しそうに頷く克行に向けて、まひろが淡々と言った。

「リハビリは、終わったのかよ」

すると克行が、車椅子の上で胸を張った。

「まあな。楽勝だ」

「威張られてもな」

「リハビリの先生も褒めてくれた」

まひろは鼻で笑って、肩をすくめた。克行はそんな息子は放っておいて、嬉しそうにキッコを見た。

「見てろよキッコちゃん。じきに歩けるようになってみせるからな」

「うん。頑張ってね」

「……早いとこ戻ってくることを期待してるよ。俺はあくまで『代理』だからな」

そう言ったまひろを、克行はしばらくじっと見つめていた。やがて車椅子のハンドリムをぎゅっと摑むと、廊下を進み始める。

「さ、病室に戻るかな」

キッコはソファから立ち上がると、ニコニコと微笑みながらこちらのやり取りを見ていた女性に、控え目に笑いかけた。

「お大事にしてください」

まひろも立ち上がるとキッコの隣に並んで、軽く会釈をした。

「お話できて、楽しかったわ」

女性の笑顔に見送られながら、談話室を出る。

病室に向かう廊下で、克行がぽつりと言った。

「知り合いか？」

まひろは黙って歩きながら肩をすくめただけだったので、キッコが彼を小突く。

「初対面です。お話相手になってくれて」

克行はそれを聞いて、曖昧に頷いた。

「そうか……」

「どうしたの？」

「あぁ、いや。……昔、どこかで会ったことがあるような……、気がしてな」

「あの人と？」

克行は病室に着いても、しばらく黙って考え込んでいたが、やがて諦めたようにからりと笑った。

「ま、ただの思い違いかもな」

「なんだよ、そりゃ」

腕を組んだまひろが、呆《あき》れ顔《がお》を浮かべる。

「こちとらお前とは比べ物にならんくらい、たくさんの人と顔を合わせてきてんだ。全部を完璧に覚えてるわけないだろ」

「へっ。なんとも潔いことだな」

「まひろはどうして、そういう言い方するの」

キッコはお見舞いのプリザーブドフラワーをベッドサイドに置いた。

「これが通常だ。いまさら変えろと言われても困る」

開き直ったまひろに非難の視線を投げてから、キッコは克行に向き直った。

「ねぇ、まひろパパ」

「ん？　なんだいキッコちゃん」

「いきなりこんなこと訊いてごめんなさい。……まひろパパは、まひろママと、どうやって出会ったんですか？」

まひろの手を借りて車椅子からベッドに移るところだった克行は、苦笑した。

「勘弁してくれよ」

「どうして？」

「何十年前だと思ってんだ。忘れたよ」

「まひろパパは忘れないと思うんだけどな」

克行は目を細めて、キッコをじっと見つめた。

「キッコちゃんは、どうしてそれが知りたいんだ？」

「わたし、物心ついたときから両親がそんなに仲良くなくて。中学生のときに、離婚したの」

キッコは窓の外を見ながら、淡々と言葉を紡ぐ。

「家じゃ会話もぜんぜんなくて。……わたしもいろいろと臆病だったから、なにも言えなくて。……だから」

そこでキッコは克行に向き直って、微笑んだ。

「幸せなふたりのお話に、飢えてるのかも。駄目かな？」

まひろは黙って、そんなキッコの横顔を見つめていた。

「そんなら、しょうがねぇな」

克行は頭を掻きながらも、まんざらでもない様子だ。キッコのことを気に入っており、優しい眼差しを向けている。こうして話をできるだけでも、嬉しいのだ。

「……ちょっと飲み物、買ってくる」

対照的に、まひろがそそくさと病室を出ていった。何も言わずにそれを見送ったキッコに向けて、克行が声をかける。

「照れくさいんだろうな」

「まひろが？　……どうして？」

克行が病室の天井を睨んで、呟いた。

「小さい頃に母親が死んで、それからずっと、男ふたりだったたから。さっきあいつが言ったみたいに、いまさら変えられないし、親父の『知らない顔』なんて見せられても、困っちまうだろう」

「『昔のこと、教えて』って、まひろは言わないの？」

「あぁ、一度も」

克行の顔は、少しだけ寂しそうでもあった。

「わたしだったらすごく知りたい。まひろの気持ち、分かんないな……」

克行は優しげな笑みを浮かべてキッコを見ながら、おもむろに話し始めた。

亡き妻とは二十代のとき働いていた都内の有名ホテルで知り合ったこと。料理人の卵として克行が働き始めたとき、すでに妻は清掃の仕事で現場のリーダー役を務めるベテランだったこと。

ふとしたきっかけで話すようになり、次第に仲良くなっていったこと。

大小のエピソードを織り交ぜ、甘酸っぱい展開にキッコが口元に手を当てて笑うのを嬉しそうに見ながら、克行は昔話を披露してくれた。

話が一段落したところで、キッコがふと気づいたように言った。

「まひろ、遅いなぁ」

「どうせ戻るに戻れなくて、談話室にでもいるんだろ」

克行はふっと笑ってから、急に神妙な顔つきになって言った。

「なぁ、キッコちゃん」

「……はい、なんですか？」

「キッコちゃんだから、言うんだけどな。……俺、本当はあいつに、まひろに、店を継いでほしいと思ってるんだ」

その横顔を見て、キッコは静かに背筋を伸ばす。

「あいつは手先が器用だし……、なにより、根が真面目だからよ。ちゃんと努力もするだろうし、お客のことも大事にできる」

「……うん。まひろは、すごく頑張ってると思います」

「そこについちゃ、俺はあんまり心配してないんだ。まぁ、あの仏頂面と、無愛想なとこだけは、どうにもいただけないが」

くすりと笑ったキッコに向けて、克行が祈るような声で言った。

「キッコちゃん。……あいつのこと、よろしく頼むよ」

＊

日は変わり、平日の夜。ひなた食堂にて。

「いらっしゃいませ。あ、こんばんは。お元気でしたか？」

引き戸を開けて現れた高齢男性に、キッコが声をかけた。

「今日は暑いな」

男性は空いていたテーブル席にどっかと腰掛けると、いつも被っているフェルトの中折れ帽を取り、脱いだ麻のジャケットと一緒に隣の椅子に置いた。

シャツの胸元に風を送りながら、キッコが運んできた水を一口飲む。

「日替わりのおつまみと、瓶ビールですか？」

毎回同じなので覚えてしまったオーダーを確かめると、男性はにっと笑った。

「おう。今日はなんだい？」

「それは見てのお楽しみ」

そんなやり取りをしながら、キッコはなにかが肌にぴりりと触れたような気がして、そっと腕を押さえた。けれどもそれは物理的な刺激ではなく、目の前の男性がまとう空気、彼から発出されている想いの波長によるものだと、すぐに気づいた。

「どうぞ。ごゆっくり」

冷蔵庫から取り出した瓶ビールとコップを運んでから、カウンターに戻ると、キッコは遠くから男性を観察した。彼女のブラウンの瞳に不思議な色が宿るが、先ほど一瞬だけ感じた波長の姿ははっきりせず、霧散してしまう。

「……なんだろ」

キッコは呟いた。男性は月に数回の頻度で来店するが、これまでは一度も感じ取れなかった波長だ。なにか、変化があったのだろうか。

「キッコ、頼む」

まひろから声がかかり、我に返る。夕食時、店内は混雑している。ぼんやりしている場合ではない。キッコは気を取り直して元気に返事をすると、提供台に載った定食の盆に手を伸ばした。

「若殿の料理は、たしかに美味《うま》い！　けど大将の味にあと一歩及ばねぇ！　繊細なんだけど、こう……、勢いが足りないんだな」

半刻《はんとき》ほどが過ぎ、少しばかり店内が空いてきた。キッコは晩酌を続ける男性のテーブルに近づくと、空になったビール瓶を盆に載せた。

「精進しなきゃね」

キッコはそう言って、厨房を振り返った。まひろは顎を引くと、男性に軽く会釈を返す。彼の言う『大将』とはまひろの父のことで、克行がこの店を切り盛りしていた頃からの常連客なのだ。突然店長代理を務めることになったまひろを若殿と呼んで、その成長を優しく見守ってくれる存在でもある。

「ま……、けどな。こうやって変わらず店を開けてくれてるから、俺みたいに救われるヤツもいる。待っててくれてるみたいで、嬉しいよ。店を守るために頑張ってるあんたは、偉いな！」

「褒めてもらったね」

カウンターまで戻ってきたキッコが、まひろの背中をつんと叩いた。

「俺んとこの店は、息子が跡を継ぐつもりもないから。俺の代でおしまいだよ」

そんなことを呟きながら、男性はいつものようにひとり酒を楽しみ、小一時間後、赤ら顔で席を立った。

「いつもありがとうございます」

くしゃくしゃの紙幣を受け取り、レジからお釣りを出しながら、キッコは笑みを浮かべた。

「おうよ、こっちこそ、ごちそうさん」

「はい、お釣り。……どうしていつも、まひろを気にかけてくれるんですか？　まひろパパと仲良しだから？」

キッコから視線をゆっくりと逸らして、男性はどこか熱に浮かされたような表情で、ぽつりと言った。

「……なんだか、他人事《ひとごと》には思えなくてな」

客が減って静かになっていた店内で、それはまひろの耳にも届いていた。

どうして、そう思うのか。一瞬そんなことを考えたが、答えが出るはずもなく、男性は「じゃあな」と言って引き戸を開けて、帰っていった。

＊

それから数日後。

ランチタイムの後、夜の仕込みが終わり、つかの間の休憩時間、キッコはひとり、すばな通りをぶらついていた。

海沿いまで出て、コンビニでおやつでも買って帰ろう。新商品のアイス、入荷してるだろうか。でもきっとまひろが喜ぶのは、いつものソーダバーだろうな。

江ノ電に乗ってきたであろう人波の緩やかな流れに乗って歩きながら、キッコはそんなことを考えていた。

「……あ」

気づけばそんな声を漏らして、キッコは立ち止まっていた。とある店の軒先に吸い寄せられるように近づくと、そこは古い写真館だった。

ガラス張りのウィンドウに、様々な記念写真が飾ってある。ウェディングドレス姿の花嫁の笑顔が弾ける、結婚写真。椅子に座る高齢男性のまわりに集う、正装の家族写真。お澄まし顔の子どもが写る、七五三の写真。

そのなかに、一枚の古いモノクロ写真があった。

二十歳前後だろうか。若い女性の横顔をアップで写したものだ。

肩のあたりで切り揃えられた黒髪。長いまつげに飾られた美しい瞳。すっと通った鼻梁《びりょう》。ほのかな色香を漂わせる唇。

どこか儚げでミステリアスな女性の横顔から、キッコは目が離せなかった。

周囲の音が、すっと遠のく。キッコは息を飲んだ。

「……なんでだろ」

この道はいつも通るし、入ったことはないが写真館があることも知っていた。このモノクロ写真も、これまで何度も目にしていたはずだ。

けれどもなぜ今、この写真にこれほどまでに引き込まれるのだろう。

そのとき、きぃ、と音を立てて、古ぼけたドアが開いた。

「おう、どうした、そんなとこに突っ立って」

「こんにちは。……ここが、お店だったんですね」

出てきたのは、見慣れた中折れ帽を被った高齢男性。まひろの父である克行の代からのひなた食堂常連客で、まひろの成長を見守ってくれている、彼だった。

「ありゃ、言ってなかったっけか？」

「お店をされてる、ってことは知ってましたけど。意外に近くだったんだ」

男性は可笑《おか》しそうに笑ってから、中折れ帽に手をやった。

「俺が生まれる前に親父が始めた店だからな。戦火だってくぐり抜けてる」

そう言って男性は、ドアの上に掲げられている金属製のプレートを指差した。こちらも年季の入った代物で、店名が刻印されている。

「青山《あおやま》写真館の、青山惣一《そういち》だ。よろしくな」

少しばかり背筋を伸ばして、キッコはぺこりとおじぎをした。

「ひなた食堂で働いている、水島季湖です」

「いい名前じゃねえか。……ま、茶でも飲んでくといいよ」

惣一はぶっきらぼうに言うと、くるりと背を向けて、店内へと戻っていった。キッコは休憩時間の残りを考えて一瞬迷ったが、お言葉に甘えることにした。

店内に足を踏み入れると、惣一が革張りのソファを指し示した。

「そこ座りな。麦茶でいいか？」

「うん。ありがとう」

キッコが物珍しそうに店内を見回していると、惣一が盆に載せた麦茶のコップを運んできて、キッコの前にあるローテーブルに置いた。それから、奥の部屋（おそらく撮影スタジオなのだろう）から、車輪のついた丸椅子を引っ張ってくると、それに腰を下ろした。

「珍しいかい、こういう場所は」

「入ったの、初めて」

「最近じゃもっと明るくて洒落てて、衣装もあれこれ借りられるとこで撮ってもらったりするんだろ」

「……うん。……まぁ」

キッコが曖昧に頷くと、惣一はからりと笑った。

「みんなデジタルだからな。ウチみたいにフィルムも生き残ってるところは珍しいぞ」

「すごい。なんだか想いが詰まってて、わくわくします」

歴史を感じさせる内装、店内の佇まい、名前も分からない撮影機材などを眺めながら、キッコは呟いた。

「そんなふうに言ってくれるのも、同じくらい珍しいね。わくわくどころか、ボロボロだって言われることのほうが多いからな」

惣一が中折れ帽を取って、人差し指でフェルト生地をそっと撫でた。

「あの……、お店の前にある、綺麗な女の人の写真って……」

キッコは単刀直入に、気になっていることを口にしてみた。あの写真がどうしてこんなにも自分の意識を摑むのか、その謎の手がかりが欲しかったのだ。

突然の質問だったにも関わらず、惣一は戸惑った様子もなく、キッコをじっと見返した。それから中折れ帽を再び頭に載せると、静かに口を開いた。

「……あれはな、俺の自信作だよ」

「すごく素敵だと思います。古い写真ですよね？　白黒だし」

「まぁな。この店を継ぐ前、自由気ままな若造だった時分に撮ったやつだ」

キッコの目が、ちらりと光った。

「あの写真に写ってる人、ひょっとして、パートナーさんですか？」

「ん？　ぱーと？」

「あ、えっと。奥さん？」

すると惣一は、ぽんと手を叩いた。

「最近はそんなふうに言うのか」

「人それぞれかな」

惣一はふっと笑った。

「そうかい。……ま、違うけどな」

そういえば、惣一がひなた食堂に来るときはいつもひとりだし、この青山写真館の店頭で女性の姿を見かけたこともない。キッコがそんなことを考えたとき、惣一がぽつりと言った。

「女房は死んじまった。ずいぶん若いときにな。結婚して息子を産んで、それからすぐだった。病気でな」

それを聞いて、キッコは思わず目を伏せた。

「ごめんなさい……」

惣一は気にした様子もなく、からからと笑いながら言葉を続ける。

「女房と息子の写真はあるけどよ。店先に飾ったりはしないな」

「……じゃあ、あれは」

被写体の女性の、儚げでミステリアスな横顔を思い出しながら、キッコは訊かずにいられなかった。とんだ詮索だ、と自身の言葉に若干の自己嫌悪を感じながら。

「そうだな。あれは……、しいて言えば」

惣一の優しい声音を聞いて、キッコは顔を上げた。

「『覚悟』だな。見て見ぬ振りをしないための」

キッコのブラウンの瞳に、透き通った輝きが宿る。

惣一の横顔から伝わってくる想いの波長は、緩やかに穏やかに、今も誰かに向かっているように感じられた。

「……そうなん、ですね」

惣一の言葉に、というより、視ている想いの輪郭に対して、キッコの口からそんな感想が漏れた。

なにかが引っかかる。この感じを、自分は知っている気がする。

そのとき唐突に、柱時計が鳴って時を告げた。キッコは我に返って、悲鳴のような声を上げた。

「もうこんな時間！」

コップの麦茶を飲み干し、ソファから慌てて立ち上がるキッコに向けて、惣一が申し訳なさそうに言った。

「すまんな。時間取らせちまって」

「ううん、お話できて、楽しかったです。麦茶、ごちそうさまでした」

ドアの手前で振り返って、キッコは惣一にぺこりとお辞儀をした。

「またひなた食堂に来てくださいね。待ってるから」

閉まるドアの隙間から、片手を上げてにっと笑う彼の姿が見えた。

＊

それからあっという間に、慌ただしく一週間が過ぎた。

ひなた食堂は連日賑《にぎ》わっていたが、惣一はあれから一度も姿を見せていない。

そんな折、病院から連絡が入り緊張が走ったが、内容は極めて前向きなものだった。

克行の回復が順調であり、退院（といってもリハビリ施設への転院）の目処《めど》がつきそうなので、説明を聞きに一度来院してほしい、というものだった。

そして次の、ひなた食堂の定休日。

まひろとキッコは、再び鎌倉の病院へと赴いた。

正門を抜けて病院敷地《しきち》に入ったところに、木製のベンチが三つ並んでいる。その真ん中のひとつに、四、五歳くらいの男の子がひとりで腰掛けていた。

「ねぇ、あの子」

キッコがまひろの腕を引いて、男の子をじっと見た。

まひろがつられて視線を向けると、男の子はそれに気づいたらしく、勢いよくそっぽを向き、小さな手の甲で乱暴に目の周りをこすった。どうやら、泣いていたようだ。

キッコは迷いなく駆けより、ベンチの前でしゃがんで、彼の顔をのぞき込んだ。

「ねぇ、キミ。大丈夫？」

男の子はしばらく黙っていたが、キッコの顔をまっすぐに見返すと、

「……だいじょうぶ」

と、はっきりした声で答えた。

キッコはまひろの顔をちらりと見てから、男の子に向けて苦笑を浮かべる。

「そっか。変なこと訊いて、ごめんね」

立ち上がって、その場をゆっくりと離れる。背中を向けながら、男の子の視線が自分たちに突き刺さるのを感じる。少し歩いたところで、まひろはぴたりと立ち止まった。

「まひろ、どうしたの？」

気づいて、キッコも立ち止まる。まひろは回れ右をすると、男の子が座るベンチまで戻った。まひろは腰をかがめると、じっとこちらを見つめる男の子と視線の高さを合わせる。自分の『凶悪な』目つきが彼を怖がらせてしまわないように目を逸らすのではなく、こちらの真剣さがちゃんと伝わるように、彼の目をまっすぐに見て訊いた。

「違ってたら、ごめんな。……今、なにか〝困ってる〟か？」

男の子の両目に、音もなく涙が盛り上がり、ぽろぽろと頰を伝って落ちた。

「……こまってる」

その様子を見て、キッコは息を飲んだ。訊き方ひとつで彼の反応が変わったことにも驚いたが、どういうわけか、既視感の片鱗《へんりん》を感じたのだ。

まひろは男の子の頭をそっと撫でると、優しい声で言った。

「そうか。どうして困ってるのか教えてくれたら、力になるぞ」

「……ママと、はぐれちゃった」

気丈な迷子の小さな手を取り、まひろは彼をベンチから立ち上がらせた。病院の正面玄関に向かって一緒に歩きながら、彼の名前や年齢など、保護者を呼び出すための必要最低限の情報を聞き出し、それとともに中央受付の女性職員に彼を引き渡した。

そしてすぐに呼び出しの放送がかけられ、ほどなくして顔を上気させた母親が小走りで中央受付に現れた。

無事に再会を果たした親子を遠巻きに確認すると、まひろはさっさとエレベーターに乗り込み、旧病棟の三階へと向かった。

「善い行いは密《ひそ》やかに？」

茶化すキッコに向けて、まひろは小さく鼻を鳴らした。

「そんな大げさなことか？」

「当たり前のようにできるところ、すごいと思う。訊き方も、上手かったし」

「あぁ、あれは……」

そこでまひろは、少し考え込んだ。

「大丈夫？　って訊かれると、つい大丈夫って答えちまうっていう……」

記憶を探る瞬間、なにかが混線し、なぜか既視感のようなものを感じた。その正体を摑む前にエレベーターが到着し、ドアが開く。会話はそこで中断され、ふたりは病室へと足を向けた。

そのとき、近くの病室から、男性の大きな声が響いた。

「断る！」

「……でも」

女性のくぐもった声が、小さく聞こえた。

「知らん。俺は帰るからな」

「意地悪ね」

「……うるせぇ！　出張サービスは停止中だ！」

捨て台詞を残した男性が、廊下に飛び出してきた。黒いベルトのついた、ジュラルミンケースを肩にかけている。

男性は病室のなかを一瞥してから、こちらに向きを変えて、ずんずんと歩いてくる。くたびれたフェルト帽を被ったその姿に見覚えがあり、キッコは驚いた声を上げた。

「……青山さん？」

その男性は、ひなた食堂の常連客である、青山写真館の店主、青山惣一だった。

「お、おう。あんたら、なんでここに⁉」

目を丸くした惣一が、狼狽した様子で立ち止まった。

廊下ですれ違った看護師の強めの視線から逃げるように、三人は談話室にそそくさと移動した。ソファに腰を下ろして一息つくと、キッコが切り出した。

「びっくりした。こんなところで会うなんて」

「そりゃこっちの台詞だ。あんたら揃って、店はどうした？」

「今日は定休日で」

「そうか、そうだったな！」

まひろが落ち着いた声で言うと、惣一は両手をぱんと打ち合わせた。その大きな音に、談話室にいた家族連れが驚いている。

「こりゃ一本取られた！」

妙にテンションの高い惣一に向けて、キッコはおそるおそる訊いてみた。

「あの……、どうして病院に？　それに、さっきの……」

「お？　おぉ！　まぁ野暮用だよ。んじゃ、俺はそろそろ」

惣一が立ち上がりかけたとき、談話室の入り口から知った声が響いた。

「……惣《そう》さん？　惣さんじゃないか！」

そちらに目をやると、車椅子に座った克行が、今まさに談話室に入ってくるところだった。

「た、大将!?　なんだ、あんた、ここに入院してたのか？」

立ち上がる途中の中腰のまま、惣一は目を白黒させている。

「そうだよ。惣さんは、なんでここへ？　どっか悪くしたのか？　……お、まさか、見舞いに来てくれたのか？」

旧知の仲であり、店の常連でもある相手を前にして、克行はすこぶる機嫌がいい。

その無邪気な笑顔を前にして惣一は少したじろぐと、まひろとキッコをちらりと見た。

それから、諦めたように大きなため息をつくと、ソファに再び腰を下ろした。

「……知り合いが入院してててな」

惣一が苦々しそうに、そう言った。

「奇遇だね。……その知り合いってのは、どういう」

「ただの腐れ縁だよ。出張撮影に呼ばれて来たら、冗談みたいなこと抜かしやがる。ふざけんじゃねぇ、って断ってやった」

惣一は鼻息荒く、足元に置いたジュラルミンケースをあごで示した。これは、撮影機材だったというわけだ。

そのとき、ふと視線を感じた。キッコが談話室の入り口へと目をやると、誰かがその場から立ち去り、病室のほうへ行ってしまうところだった。黄色いカーディガンの裾が、ちらりと見えた。

「……あ」

そのときキッコの背筋に、電流が走った。

青山惣一の想いが、どこに向かっているのか。

青山写真館に飾られている白黒写真に写る若い女性は、誰なのか。

……そして。

「まひろ、わたしちょっと」

「……お、おい。キッコ！」

慌てるまひろの声を背中に受けて、キッコは小走りで談話室を飛び出した。

黄色いカーディガンの主を探して、廊下の左右にある病室を手当り次第にのぞき込んでゆく。さっき惣一が飛び出してきたのは、どの病室だったか。

ナースステーションのほうからやってきた看護師が、明らかに不審そうな表情を浮かべて、こちらに近づいてくる。その視線と動きから、キッコに声をかけようとしていることは明らかだ。

しまった。つい慌てて走って、目立ちすぎたかもしれない。

後悔しながら弁明を考え始める。看護師の険しい顔、その迫力にキッコが少し後ずさったとき、背後から柔らかな声に呼びかけられた。

「……あら？　あなた、ひょっとして、こないだの」

驚いて振り返ると、黄色いカーディガンを羽織った白髪の高齢女性が立っている。

探していた人物が目の前に突然現れ、キッコは面食らった。しかし、迫る危機を思い出して咄嗟《とっさ》に笑顔を浮かべ、声を出した。

「おばあちゃん、お元気でしたか？　良かった、病室が分からなくて」

「あらそう？　じゃあ、こっちへいらっしゃい。お見舞いでもらった果物があるの。

良かったら、おあがりなさいな」

女性に連れられて病室へと入る直前、件《くだん》の看護師が、別の看護師に呼び止められて立ち止まるのが見えた。どうやら、一安心だ。

「どうぞ。そこに座って」

「ありがとうございます」

勧められた丸椅子に腰掛けながら、キッコは礼を言った。病室は、しんと静まり返っている。

「ルームメイトたちはリハビリや沐浴《もくよく》で、今はわたしひとりなの」

女性はベッドに腰掛けると、膝の上にプラスチック皿を置いて、果物ナイフで梨の皮を剝《む》き始めた。

「あの……、わたしのこと」

「こないだ、談話室でお会いしたわね。その綺麗な目と髪、簡単には忘れない」

キッコは照れ隠しに、ふふっ、と笑った。こんなふうに自分の外見が役立つことは、案外ないので、少し嬉しい。

「川又《かわまた》ミヤコといいます」

「わたしは、水島季湖です」

ミヤコは微笑んだ。

「どうぞ。季湖さん、梨はお好き？」

「大好き。いただきます」

一切れかじると、瑞々しい果汁が口のなかに広がった。思わず笑顔になる。それを見てにっこり笑うと、ミヤコも梨を一切れ口に運んだ。

「……わたし、あなたに偉そうなこと、言っちゃった」

「なにがですか？」

「こないだお喋りしたとき。『言わなくても察して、じゃダメ』とか、『感じたことは、ちゃんと伝えよう』とか。覚えてる？」

「はい。とっても素敵だな、って思いました」

ミヤコは寂しそうに笑った。

「この期に及んで、わたし、まだ素直になれてないって、分かったの」

キッコは神妙に頷いて、続きを待った。ミヤコが自嘲気味に言う。

「ほんと、情けない。もうじき、さよならかもしれないのに」

「あの……、それってひょっとして」

キッコは意を決して言った。

「相手の人は、青山惣一さん？」

ミヤコの顔に、驚きが広がってゆく。それに呼応するように、キッコのブラウンの瞳に、透き通った不思議な光が宿った。

「……やっぱり」

そこにある想いを垣間視たことで、キッコは確信を持って頷いた。

とはいえ、それだけではミヤコの疑問が晴れるはずもないので、キッコは自分が惣一と知り合いであること、彼の仕事についても知っており、その仕事道具を抱えて病室から飛び出してきたところを目撃し、先程彼と少し話をしたことも説明した。

「そうだったの」

ミヤコは納得した様子で、ようやく驚きの表情を消し去った。

それから短いため息をつくと、ベッドの背もたれに身体を預けて目を閉じる。

「わたしね。……あの人に、遺影を撮ってもらおうと思ったの」

その声があまりにも寂しげだったので、キッコは目が離せなかった。

惣一が言う『冗談みたいな』というのは、このことだったのか。

キッコが言葉を探していると、ミヤコは微笑を浮かべた。

「そんな、あなたが悲しそうな顔しなくていいのに」

「だって……」

「別に、いますぐ死ぬわけじゃないの。ただ……、前みたいに元気になる自信もなくてね。だから、まだ元気が残っているうちに撮ってもらいたいな、って思ったの」

穏やかに語るミヤコを見て、キッコは神妙に頷いた。

「でも、駄目ねぇ。あの人を怒らせちゃった。……ままならないものね」

キッコには、自身の瞳を通じて、ミヤコの気持ちが痛いほど分かった。

彼女の胸に揺れる大切な気持ちが、やるせなく震えている。

「おかしな意地ばかり張っちゃって、みっともないったら。でも、くよくよ後悔したくはないから、ちゃんと綺麗に、諦めないと」

ミヤコの顔に浮かんだ微笑みがあまりに美しくて。

同時に感じた彼女の感情の揺らぎがあまりに悲しくて。

キッコは思わず声を上げた。

「どうして……？」

ミヤコは少し面食らったようだ。

「そうね……。どうしてかしらね。自信が……、なくなっちゃったのかな」

キッコはもう一度、ミヤコの瞳をまっすぐに〝視た〟。

諦めなくちゃ、と言った彼女の想いの輪郭を感じ取ってゆく。

大切な想いを伝えるために素直になることも、そのためにまずは自分が元気になることすらも、今の彼女は静かに手放そうとしているのだ。

キッコは目を細めた。

ミヤコの諦観の裏側に見え隠れする、もうひとつの感情に目を凝らすように。

そしてその片鱗を感じ取ったとき、キッコは思わず彼女の手を強く握っていた。

「……ねぇ、ミヤコさん、聞いて？」

その真剣な表情に、ミヤコの視線が釘付けになる。

「きっと、元気になる。自信持っても大丈夫って、思える。……わたし、お手伝いします」

キッコはわずかな逡巡を経て、胸元からペンダントを取り出した。

赤く輝く雫型のペンダントトップを見て小さく歓声を上げたミヤコに、それをそっと握らせる。

「ミヤコさん、目を閉じて」

彼女が戸惑ったのは、一瞬だった。キッコの目を見て頷くと、ミヤコは宝石を握った手を胸元に当てたまま、静かに目を閉じる。

キッコはその手を、両手でそっと包み込んだ。

呼吸を整え、感覚を限界まで研ぎ澄ませる。

手のひらに、熱を感じる。黄昏《たそがれ》のような色の光が、握りしめたミヤコの手の隙間から漏れている。その光が帯になって、白いシーツに落ちる。白い天井を照らす。

キッコは目を閉じ、手のなかにある想いを感じながら、祈った。

「……まぁ」

ミヤコが声を上げる。彼女は目を開き、自分の胸元から溢れる光を見た。

ふたりは、感じ取っていた。宝石から溢れる黄昏の光が強くなり、さらに熱を帯びてゆく。

「ミヤコさん。……分かる？」

「……ええ、とっても、暖かい。なんだか、勇気が湧いてくるみたい」

キッコは今一度、ミヤコの手を強く握った。

「ミヤコさんの想いに共鳴してるの。そうして少しだけ、想いの波長を増幅して、強くしたんです」

そっと両手を開いた。ミヤコもつられて、手を開く。赤い宝石が、眩く輝いている。

「勇気は、わたしが外から与えたものじゃなくて。ミヤコさんのなかに、あったもの。

わたしはそれを、少し後押ししただけ」

ミヤコの瞳に、黄昏色の光が映っている。

「大丈夫。ミヤコさんはきっと、元気になる。だって、こんなに強い想いを、胸に秘めてるんだもの」

ふたりはしばらくじっと、その光を見ていた。

「想いは人を、生かす力。だから、大丈夫」

ミヤコの老いてなお澄んだ瞳に、うっすらと涙が滲んでいる。彼女はおもむろに、口を開いた。

「……不思議ね。あなたにそう言われたら、なんだか頑張れるような気がしてきた」

キッコはそれを聞いて、にっこり笑った。

「ね、ミヤコさん。元気になって退院したら、食べたいものとか、行きたいお店とか、あるんですか？」

「そうね……、いろいろあるんだけど、いつかまた、行ってみたいお店があってね」

興味津々で身を乗り出したとき、病室の入り口から物音がした。キッコは反射的に振り返る。

「まひろパパ。……と、青山さん？」

車椅子に座った克行は破顔一笑、後ろに立つ惣一は苦々しげな顔で明後日《あさって》の方向を見ている。さらに後ろには、最も長身のまひろが、所在なげに立っている。

「ようやく合点《がてん》がいったよ。この人、惣さんが昔、連れてきた別嬪《べっぴん》さんか」

嬉しそうにそう言った克行に、惣一が慌てたように訂正した。

「連れていったんじゃなくて、無理やり奢《おご》らされたんだ！」

それには返事をせず、克行は車椅子を進めると、病室に少し入った。

「あなたは？」

尋ねるミヤコに向けて、克行はぺこりと頭を下げた。

「こりゃ失礼。神保克行といいます。惣さんとは、顔なじみで」

入り口のところで立っている惣一をあごでしゃくって示す。そちらを見たミヤコが、バツの悪そうな顔で、すぐに惣一から目を逸らした。

「……覚えてないのか？　昔行った店の、大将だよ」

腕組みした惣一が、苛立たしげに嚙み付く。ミヤコは負けじとすぐに言い返した。

「それじゃ分からない」

「ほら！　……海老フライの！」

その瞬間、ミヤコの顔が驚きに上塗りされた。

「あら、本当⁉」

ニコニコと笑う克行。ミヤコは高揚した様子で、キッコを振り返った。

「ねぇキッコさん。すっかりボケてやがる！　すごい偶然」

これみよがしに惣一が言って、ミヤコはむっとした表情を浮かべた。

「失礼ね！　それよりあなた、さっき『無理やり奢らされた』って言った？」

ミヤコの強い口調に、惣一がたじろぐ。

「え……、いや、それはほら……、言葉の綾《あや》ってヤツで」

「あらそう。言葉の綾、ねぇ」

ミヤコはその整った顔に、うっすらと涼しげな笑みを浮かべた。

「わたし、人が言ったことは、とってもよく覚えてるの」

今や惣一は顔を青くして、せわしなく視線を彷徨わせている。

「わたし、撮ってくれなんて頼んだ覚えがないけれど……。たしか、俺が頼んでるんだ！　って、どこかの誰かさんが言ってたかなぁ。交換条件を出してやる、って言うから、なにかと思えば、なんでも好きなもの食べさせてやる、って。……ねぇ？」

ベッドから身を乗り出し、惣一の顔をのぞき込むようにして、ミヤコが言った。

惣一は必死に目を逸らし、聞こえないふりをしている。

「それなのに、ひどい言いかたね」

ミヤコは穏やかに笑っている。それを見て、克行は楽しそうに笑うと、ごつごつとした手で惣一の尻を勢いよく叩いた。

「……いてえ！」

「惣さん、あきらめな。お前さんの負けだ！　ここは潔く、謝るべきだよ」

惣一は尻をさすりながら、苦虫を嚙み潰したような顔で、ミヤコに向き直った。

「やっぱり言葉の綾だった？」

「……悪かったな。……言い過ぎたよ」

ぶっきらぼうにそう言うと、惣一はわずかに頭を下げた。

「許してあげてもいいけれど、その代わり」

ミヤコの言葉を遮って、惣一は顔を上げた。

「それはそれ、だ。俺は、お前の遺影なんか、撮らないからな！」

惣一のこの上なく強い語気にミヤコは面食らったようで、小さな声で訊いた。

「……どうして？」

「どうしてって、それは……」

惣一の言葉は続かず、病室に沈黙が落ちる。廊下の向こうで、誰かが話している声が遠く聞こえる。

沈黙を破ったのは、キッコだった。

「元気になるから」

「……え？」

「青山さん、ミヤコさんがきっと元気になる、って、思ってるんでしょう？」

惣一が、ミヤコのことをじっと見つめている。それに気づいたミヤコも、惣一を見つめ返した。

ふたりの間に、言葉は交わされない。

澄んだ瞳に不思議な光をたたえたキッコが、そんなふたりを交互に見て、それからまるで情景を描写するような淡々とした口調で、ぽつりと言った。

「そしたら、またふたりで……」

それを聞いた惣一が、焦るような表情を浮かべ、ミヤコに向けて、ぶっきらぼうに、こう言い放った。

「さっさと退院して、直接店に来い。そしたら俺も諦めて、遺影でもなんでも、気の済むまで撮るよ」

今度はミヤコが、ぶっきらぼうに言い返した。

「あらそう。……そこまで言うなら、行ってあげなくもないかな。あなた、ひとりでずいぶんと寂しそうだから」

「ほっとけ。お前には言われたくないね」

そう言って、惣一が苦々しい表情を浮かべた。

そこでキッコが、ずいと身を乗り出した。

「ミヤコさん、さっき言ってた『また行ってみたいお店』のことなんですけど」

「あぁ！　そう、そうなのキッコさん！　すごいの」

ミヤコは興奮を思い出した様子で、キッコの手をそっと摑んだ。

「わたし、当ててみましょうか？　お店の名前」

「本当に？」

キッコは咳払いをひとつすると、得意げに語り出した。

「お昼にはリーズナブルで栄養満点な定食を。夜はお腹を満たす晩ごはんも、美味しいお酒と肴も。片瀬《かたせ》すばな通り脇にある地元の優良店。その名もひなた食堂、でしょう？」

珍しく長口上を述べてから首を傾げたキッコの金髪が揺れる。

「すごい！　どうして分かるの？」

「ご紹介が遅れました。あっちにいるのが、ひなた食堂の『若殿』です」

キッコに手招きされて、戸口のところでひとり佇んでいたまひろは顔をしかめてから、渋々といった体で前に進み出た。

「どうも。店長代理の神保まひろです。……いつでも、お待ちしてますので」

「ひとり息子なんです。まだまだ修行中の身ですが、どうぞよろしく頼みます」

克行がぺこりと頭を下げて、ミヤコは目を丸くしている。

「そうですか。本当に、すごい偶然。こんなことって、あるのね」

そこでキッコが改めて一礼をした。

「そして、わたし、ひなた食堂の住み込みアルバイト、水島季湖です」

ミヤコは天を仰いだ。その目には、気のせいか、うっすらと涙が滲んでいるようにも見える。

「……ねぇ、キッコさん？」

「どうしたの、ミヤコさん」

「良かったらわたしと、お友達になってくださらない？」

そう言って彼女がベッドサイドから取り出したのは、スマホだった。

「うん。もちろん」

手慣れた様子でチャットアプリを操作するミヤコに驚きながらも、キッコはＩＤを交換した。

ミヤコはにっこり笑って礼を言うと、今度は惣一に向き直って告げた。

「今日の出張撮影サービスの依頼は、正式に取り下げるわ。わたし、退院して、もう一度行きたいお店があるから」

「勝手にしな」

投げやりな言葉とは裏腹に、惣一はどこか安堵《あんど》したような表情を浮かべた。

それを見たキッコとまひろは、密かに目配せを交わした。

＊

それから数日後の、ある日。

客足が鈍いのでキッコを早めに上がらせ、まひろはひとりで夜の営業を取り回していた。客がいないまま、ラストオーダーの時間が近づき、今日はこのまま閉める流れになりそうだな、と思ったとき、入り口の引き戸が滑ってひとりの客が現れた。

「おう。まだやってるか」

「いらっしゃいませ。もちろん」

いつものフェルトの中折れ帽を頭に載せた、青山惣一だった。

「今日はあの子、いないのか？」

帽子を取ってカウンター席に腰掛けながら、惣一が訊いた。

もう上がったんです、と答えながら、まひろはカウンターのなかで動き始めた。オーダーはいつものように、日替わりおつまみと瓶ビールだろう。

「そうだな……」

壁に貼った品書きを眺める惣一の姿に、まひろは立ち止まった。いつも彼は、品書きなど見ないのだ。

「あれだ。……海老フライを頼む。あと瓶ビール」

思わぬ展開に、まひろは少し驚く。それを見せないように、澄まし顔で栓を抜いた瓶ビールとコップを出すと、コンロの火を入れ、揚げ油を熱し始めた。

「珍しいか？」

面白そうに惣一が笑う。

「青山さんといえば昼はサバ味噌、夜は日替わりおつまみ、ですから」

淡々とそう言ってから、まひろは業務用冷蔵庫を開けた。低温で活かしてある大きな車海老を三尾取り出してから、手早く溶き卵、小麦粉、パン粉のバットを用意する。

「たまには気分が変わることだってあるよ」

コップに注いだビールをちびりと舐《な》めてから、惣一は遠い目をした。

「……いろいろ、掘り起こされちまったから」

まひろは厚みのある焼き物の皿を出すと、千切りキャベツを小さく盛った。さらに、洗ったパセリとプチトマトを並べる。

なにも問いかけずとも、惣一は自分のペースで、ゆっくりと語り始める。

「あんたには病院で情けないとこ見せちまったからな。今さら隠す気もない」

惣一はコップのビールを飲み干し、新たに瓶から注いだ。

「俺はな……、ずっと撮ってきた。あいつんとこの、家族写真を。結婚写真から、子どもが生まれたとき、七五三、入学に卒業……。初孫と一緒の記念写真も。まさに人生の節目ごとに、撮ってきたんだ」

まひろは小鍋に材料を合わせて火にかけると、木べらで混ぜながら、白くてとろみのあるソースを作り始めた。鼻に抜ける、芳しい香りが立ち上る。

「ミヤコさんとは、長い親交がおありなんですね」

「腐れ縁ってヤツさ。俺が駆け出し写真家の頃、被写体としてあいつを見初めて……、ずいぶんと練習台になってもらった」

＊＊＊

「上手に撮れた？」

澄まし顔の彼女が、声だけは楽しそうに訊いてくる。

「まだ動くなよ！」

ファインダーをのぞき込んでいる彼が慌てて制すと、彼女は口を尖《とが》らせた。

「分かってるよ。もぅ」

「……よし、いいぞ。もうちょっと、あご下げて」

彼女が指示に従い、わずかに動く。彼は満足げに、口角を上げた。そのまま、何度か立て続けにシャッターを切る。

「ふふ」

「……なんだ？　なにがおかしい」

「別に？　なんだか、くすぐったいような気がしただけ」

彼女は目を閉じた。肩のあたりで切り揃えられた美しい黒髪が、どこか気持ちよさそうに、風に揺れる。

「本当に、わたしなんかでいいの？」

彼女は口のなかで、小さく囁いた。彼に聞こえなくても、良いと思った。

しばらく待つが、返事はない。そっと目を開けると、彼はカメラに手を添えたまま、どこか思いつめたような表情を浮かべている。

そこで彼女は、もう一度、静かに目を閉じた。

身体中で風を感じていると、その風の音にかき消されてしまいそうなほど小さな声で、彼が言った。

「……お前は、綺麗だよ」

彼女の肩が、ぴくりと動いた。けれども、目を開かなかった。聞こえなかったことにしても、良いと思った。

「どうなの？　綺麗に撮れた？」

ことさら、大きな声で訊いた。

「現像してみないと、分からん！」

「現像する前から分かるのが、プロじゃないの？」

彼女がにやっと笑うと、彼はやれやれと肩をすくめてみせた。

「これだから素人は！」

しかし彼女は、どこか嬉しそうに笑っている。

彼は負けじと言葉を連ねた。

「俺が撮った見合い写真で結婚が決まったくせに、偉そうなこと言うなよ」

彼女は一瞬だけたじろいだが、意を決したように口を引き結ぶと、彼を見据えた。

「そうね、おかげさまで。良いご縁に恵まれました」

「結構なこった。せいぜい幸せになりやがれ」

「言われなくても」

皮肉を込めた口調でそう言ってから、彼女はふと、全身の力を抜いた。そうしなければ、自らの感情が暴れだし、言葉にできない衝動に駆られるのではないか。そんな恐怖さえ、感じたのだ。

長いまつげに飾られた美しい瞳。すっと通った鼻梁。ほのかな色香を漂わせる唇。

彼女の顔に、どこか儚げで、ミステリアスな表情が浮かび上がった。

「……」

それを見た彼の目は釘付けになり、言葉を失った。

そして彼は半ば無意識に、カメラを構えた。

シャッターを切る乾いた音が、ふたりの間に響いた。

＊＊＊

ソースを仕上げると、まひろは包丁を手に取った。

大ぶりの海老をまな板に載せると、まずは頭を落とし、手早く捌《さば》き始める。

背わたを取り除き、卵液、小麦粉、パン粉を順番につけると、バットに並べた。

パン粉をひと欠片、油の鍋に落とす。その反応を見て油の温度を見極めると、ためらわずに海老を投入した。菜箸を構え、揚がってゆく海老の音に全神経を集中させる。

ぱちんと小さく爆ぜる音が響いた瞬間、まひろは海老を引き上げ、油を切る。

事前に野菜を盛っておいた皿に、狐《きつね》色の海老フライを並べた。揚げたてのそれは、小さく音を立てて自らの仕上がりの完璧さを主張しているようだ。

中濃ソース、刻みピクルス入りのタルタルソース、小鍋に作っておいた特製ソースの三種を小皿に入れると、皿の空きスペースに並べる。

まひろは満足げに短い息を吐くと、完成した皿を惣一の前に置いた。

「どうぞ。海老フライです」

惣一は頷くと、そっと両手を合わせ、口のなかで小さく「いただきます」と言った。

それから箸を割ると、海老フライを摑んだ。

「へぇ、いろんなソースがあるんだな。……まずは」

定番の中濃ソースを軽くつけて、一口。ざくりという心地よい音のあと、プリプリとした新鮮な海老の食感が弾ける。味わい深い海老の香りとソースが混じり合い、口の中でまろやかな旨味へと昇華した。

「……美味い」

惣一は思わず唸った。そのまま、次はタルタルソースをつけて、二口目。刻みピクルスの爽やかな酸味が程よいアクセントを与え、新しい味が口に広がり鼻に抜ける。

「やっぱりタルタルも、いいもんだな」

惣一は呟くと、もう一度つけて、一尾目を食べ切った。キャベツとプチトマトを食べ、ビールを一口飲む。幸せそうなため息をついてから、再び箸を構えた。

「こいつは……、なんだ？」

三つ目の小皿、輝いて見える白い特製ソースを指差した惣一に、まひろは答えず、口角を少し上げて微笑んだ。食べてみてください、というメッセージだと受け取り、惣一は二尾目の海老フライをそのソースにつけると、口に運んだ。

柔らかく、芳醇な香りが鼻に抜ける。海老の旨味にまろやかで濃厚なソースが絡み、上品でありながらしっかりとした味わいが生まれた。

惣一は目を丸くした。

「こんな品のいい海老フライは、生まれて初めてだな。……いや、驚いた。美味い」

「ポルチーニと生クリームをベースにしたソースです」

惣一は、ほう、と感心した様子で頷くと、特製ソースをたっぷりとつけて、数口に分けて二尾目の海老を平らげた。

「フランス料理でも食べた気分だ。大したもんだな」

ビールを飲んで、惣一は満足そうに笑った。まひろは礼を言うと、少しばかり照れた様子で俯き、後片付けを進める。そんな彼の様子をどこか嬉しそうに眺めながら、惣一は残りの海老と野菜を食べ、ビールを飲み進めた。

やがて、すっかり酔いの回った彼は、まるで胸のなかの感情を押し出すように、長くて細いため息をついた。

「俺は……、よ」

グラスについた水滴に向けられた彼の目は、ここではない、どこか遠くの景色を見ているようだった。

「その時々……、あいつの人生のいろんな瞬間を切り取って、幸せな想いと一緒に、フィルムに焼き付けてきたんだ」

まひろは手を止めて、惣一をじっと見た。

「あいつの人生はな、それで完璧なんだ。今さら余計なものを、混ぜちゃいけない」

その呟きには、隠し切れないほどの重みを持った感情が、滲み出ていた。

まひろにさえ、それが分かった。

もしキッコがこの場にいたら、彼女の澄んだ瞳は、なにを視たのだろうか。

まひろは惣一の言葉をゆっくりと反芻《はんすう》し、彼の感情に想いを馳《は》せ、自分が見聞きした全てをそこに合わせ込んで、惣一の想いの輪郭を掴もうとした。それは沈黙のなかの長い作業だったが、この場にそれを遮る者は誰もいなかった。

「……その、海老フライ」

ようやくまひろは、口を開いた。

「ベースは、親父のレシピなんです」

「確かにな。大将の海老フライに負けず劣らずだよ」

酔っぱらいながらも、惣一は力強く頷いた。

「……けれども、それで完璧だとは、思いませんでした」

ゆっくりとそう言ったまひろの瞳を、惣一はじっと見返した。

「ここは親父の店で……、俺はあくまで、期間限定の店長代理ですけど……」

そこで言葉を切って、まひろは厨房を振り返った。

「今は、俺の店でもあります。だったら、親父の味をコピーするだけじゃなく、自分の料理を、見つけなきゃならない……」

まひろの視線の先には、特製ソースの小鍋がある。

「その賜物が、このソースってわけか。……まったく、おみそれした」

惣一が唸り、まひろがわずかに微笑む。

それからまひろは、少し遠い目をした。丁寧になにかを確認するように頷き、それから惣一に向き直った。

「以前……、この店のことを『待っててくれてるみたいで嬉しい』と言ってくれましたよね」

惣一は黙って頷く。まひろはそこでもう一度、遠くを見るような眼差しになった。

「きっとあなたも、同じなんですね」

「なんの話だ？」

「いつでも変わらず傍に……、ただそこに、いようとした」

「そりゃ、どういう」

「それが彼女の……、ミヤコさんの完璧な人生を彩ると信じて、あなたはずっと」

惣一は目を閉じて、黙って聞いていたが、ややあって、ふっと小さく笑った。

「……だったら、どうなんだ？」

まひろは惣一を、まっすぐに見た。

「きっとあなたは、分かってる」

どこか遠くで、海鳥の鳴く声が聞こえた。

「あなたが完璧だと考える人生が、彼女にとってもそうだとは限らない、って」

惣一が目を伏せた。言われるまでもない、という声が、聞こえるような気がした。

だからまひろは、祈るように言葉を続けた。

「おしまいの瞬間まで、変わり続けてゆくんです」

そして、空になった皿を指し示して、こう締めくくった。

「俺が親父のレシピを習得して『完璧だ』と思ったら、その一皿は生まれなかった」

まひろの言葉が壁に吸い込まれて消えるのと同時に、ビール瓶の表面を水滴が流れ落ちた。それを見つめながら、惣一が口を開いた。

「一度こびりついちまったもんは、どうしたって取れやしない。時間が経ってもな。心のヒダに、挟まっちまってる。よく見ようと身をよじれば、傷ついて大惨事だ」

惣一がそこで言葉を切って、コップに残っていたビールをぐいと飲み干した。

「……『なかったこと』になんて、できないんだよ。本当に、ままならない」

まひろは目の前に座る人生の先輩をじっと見つめ、その言葉に耳を傾けている。

惣一が、自分の胸のあたりをぽんと叩いた。

「ずーっと『そこにある』想いを感じながら、なんとか生きていくしか、なかったんだよ。見て見ぬ振りをしないための、覚悟と一緒に」

しばらく沈黙が流れ、やがて惣一は大きなため息をついた。それから顔を上げると、まひろを見て、どこか穏やかな笑みを浮かべた。

「いっつも一歩退《ひ》いた冷静な若殿だと思ってたけどよ……、結構熱いとこ、あるんだな。意外だった」

「……どうも」

「勝手にあんたの成長を見守ってるつもりだったが……、逆に教えられちまった」

惣一は立ち上がると財布を取り出し、カウンターに紙幣を置いた。

「あんたが手にした一皿、本当に美味かったよ。ありがとう」

フェルトの中折れ帽を被った彼の瞳に、うっすらと涙が滲んでいた。

「ごちそうさん。じゃあな」

「ありがとうございました」

丁寧に頭を下げたまひろに向けて軽く手を上げると、惣一は戸口へと向かう。

最後の客を見送ろうと、まひろはカウンターを出た。

「変わることを諦めちまったら……、死んでるも同然、かもな」

背を向けたまま、最後にそう言い残して、惣一は帰っていった。

＊＊＊

『キッコさん、お元気？』

『元気です。ミヤコさんは？』

『退院が決まりました』

『おめでとうございます』

『ありがとう。キッコさんのおかげ。とっても調子がいいの』

『ミヤコさんは、絶対元気になると思ってました』

『あなたの不思議な力が、わたしを生かしてくれました。ありがとう』

『ほんの少し、背中を押しただけです』

『「想いは人を、生かす力」なのね。あなたの言った通り』

『落ち着いたら、ひなた食堂にも遊びに来てください』

『もちろん、お邪魔するつもり。めいっぱいお腹空かせて行かなくちゃ』

『お待ちしています』

＊＊＊

待ち望んだその瞬間は、とある水曜日の夕方、これから夜の来客が増え始める時間帯に、突然やってきた。

がらりと勢いよく引き戸が滑ったかと思うと、そこに立っていたのは、お馴染《なじ》みのフェルト帽を頭に載せた青山惣一だ。

彼に続いて店内に入ってきたのは、ゆったりとしたスラックスに、上品なブラウス、黄色いニットカーディガンを羽織った川又ミヤコだった。

「こんにちは。約束通り、来ましたよ」

「ミヤコさん。いらっしゃいませ」

他のお客の目もある手前、キッコは思わず手を取りたくなる気持ちをぐっと抑えて、できるだけ優雅な動作を心がけて、ふたりをテーブル席へと案内した。

「おう、いつもの……。っと、いかん。そうじゃなかった」

反射的に口を開いた惣一が、ミスに気づいてしかめ面をする。なんだかその仕草が彼らしくないような気がして、キッコは微笑ましい気持ちになった。ひょっとすると、緊張しているのかもしれない。

「まずは、瓶ビール」

「グラスは、いくつお持ちしますか？」

キッコが問うと、惣一は顔を斜めにして、ミヤコを見た。

「飲めるのか？」

「少しだけなら」

ミヤコは小さく肩をすくめると、キッコに向けて微笑んだ。

「ふたつ、お願いします」

「はい、かしこまりました」

「あとは……、海老フライ、頼むよ。ふたつな」

「分かりました。とびきり美味しいの、お持ちします」

キッコがカウンターまで戻って厨房のまひろにオーダーを伝えると、彼は浅く頷いて、素早く動き出した。

「まひろ、がんばって」

キッコはそう呟いたが、まひろには聞こえていないようだ。しかしその大きな背中に、やる気がみなぎっているのが分かったので、キッコは安心して任せることにした。

瓶ビールとグラスを出し終えて下がったキッコは、テーブル席のふたりに目をやった。惣一とミヤコは互いにビールを注ぎ合うとグラスを小さく掲げて、まだどこかぎこちなさの残る雰囲気のなか、言葉を交わしている。

「無事にまた、来ることができた。感無量ね」

「有言実行だな」

「当たり前じゃない。わたし、嘘はつかないもの」

「見上げたもんだ」

肩をすくめる惣一の顔を、テーブルに両肘をついたミヤコが、じっとのぞき込んだ。

「で、撮ってくれるの？」

「……なんのことだ」

「とぼけないで。退院して店に来たら撮ってやるって、言ったじゃない」

惣一はしばらく目を泳がせていたが、やがて観念したように頭をかいた。

「あー。……言ったかもな」

「うん、言った」

ミヤコは目を逸らさない。

「そうだな……。まぁ、あれだ。別にいいんだけどよ、……ひとつ、大事な条件が」

「まだあるの？」

ミヤコが呆れたように笑ったそのとき、両手に皿を持ったキッコがテーブルにやってきた。

「おまちどおさま、です」

並べられた皿を見て、ミヤコが目を輝かせた。惣一が空になったグラスをテーブルに置いて、意気揚々と箸を割る。惣一のグラスにビールを注ぐミヤコに向けて、じれったそうに言った。

「いいから。そんくらい自分でやる。ほら、食おうぜ」

ミヤコはくすりと笑ってから、両手を合わせた。

「いただきます。とっても美味しそう」

まひろ特製、三つの味を楽しめる海老フライを、ふたりはときに頷き合い、目配せを交わし合い、感嘆のため息をつきながら、心ゆくまで味わう。

「……どうだ？　美味いだろ」

ビールを少し飲んで、惣一がまるで自分の手柄のように、誇らしげに言った。ミヤコは箸を置いて一息つくと、上気した顔で大きく頷いた。

「本当ね。びっくりするくらい、美味しい！」

「あの若殿の、たゆまぬ努力の賜物だよ」

厨房のほうをあごで示した惣一が、なにかを思い出したように神妙な顔つきになる。しばらくした後、彼は同じ顔のまま、正面に座るミヤコをじっと見つめた。

「……さっき言った、条件だけど」

「うん。なに？」

「お前が満足するまで、これからは……、好きなものを食べ歩きするんだ」

思い詰めたようにそう言った惣一に、ミヤコが怪訝《けげん》な顔をした。

「言われなくても、そのつもりよ」

「あ、慌てんな。条件ってのは、これからだ。……いいか？　シャッターチャンスを逃さないためにだな」

「うん」

「俺もついてく」

「……え？」

ぽかんと口を開けたミヤコを見て、惣一が慌てて付け加えた。

「だから！　お前の食べ歩きに、俺も一緒についてくって言ってんだ！」

焦る惣一をひとしきり眺めたあと、ミヤコはいたずらっぽい笑みを浮かべた。

「……どうして？」

惣一はぐっと口ごもり、目を泳がせる。けれども、すぐに深呼吸をすると、視線をミヤコの瞳に定めた。

「俺はお前の……、専属カメラマンだからな」

「そんなの、頼んだ記憶ないわ」

「頼まれたから言ってるんじゃない」

「……つまり？」

「俺が頼んでるんだ」

ミヤコは小さく吹き出した。

「頼んでるの？　それ」

惣一は怯《ひる》むことなく、大きく頷いた。

「おう。いろいろ美味いもん、食いに行くぞ。どうせお互い、暇を持て余してるんだ」

「ふふ。ご勝手にあそばせ」

ミヤコがそう言って、ビールを少し飲んだ。

彼女の口角が微かに持ち上がるのを、キッコは遠くから見ていた。

厨房のなかで手を止めて、同じくそれを見ていたまひろも、小さく頷く。

若いふたりは笑みを交わしながら、カウンター越しにそっと拳を合わせた。

第二・五話　すぐそばにあった未来

「嫌いなタイプ？　好きなタイプじゃなくて？」

英麻《えま》は切れ長の目を細め、しかめっ面でそう言った。

百八十センチ近い長身で、小さな顔にすっきりとした黒髪ボブがとてもよく似合っている。彼女は黒いスラックスに包まれた長い脚を組んで、机に肘をついた。わたしたちが通う高校には、制服がない。

そんな彼女の姿を眺めながら、キッコは答えた。

「好きなのは、〝孤独を愛せる人〟でしょ？」

すると後ろから、ぽんと背中を叩かれた。

「なに話してんの？」

膝上のフレアスカートに、薄いパープルのフリルブラウス。頭の左右で結んだ長い髪は、毛先が軽くカールしている。ガーリーに振り切った雰囲気を全身にまとう小柄な彼女は優里奈《ゆりな》といって、ふたりのクラスメイトだ。

キッコは両手を後ろで軽く組むと、優里奈に顔を向けた。

「嫌いなタイプの話」

「え⁉　そうだなぁ……」

問われていないのに優里奈は悩んだ末、ぱっと顔を上げた。

「自分で決められない人」

「深いね」

すかさず英麻がそう言った。

「あたしが優柔不断だから」

「自分はいいんだ？」

優里奈はにっと笑って頷いた。

「あたしはあたしのこと、大好きだから。……で、そーゆーキッコは？」

優里奈と英麻の視線を受け止めてから、キッコはおもむろに窓の外に目をやった。

「……なに考えてるのか、分かんない人」

「なにそれ」

「そんなの、みんな怖いって」

ふたりが呆れたように笑う。キッコは淡々と弁解した。

「全然視え……、分かんない人、時々いるから」

なにを分かりきったことを、とふたりは半笑いを浮かべる。

『心が視えることは、空を飛ぶことよりも、もっとずっと、怖い』

『視たままを口に出してはいけない』

幼い頃、祖母にそう教えられた。

何気ない一言が母を傷つけたことに恐怖を覚え、力を隠した。

やがて訪れた両親の別離を止められなかったことを悔やんで、それからは反動で自分の力を否定することをやめた。

大切な想いが壊れたり、消えてしまうのは、もういやだ。

高校に入って友人もできたし、上手くやれるようになった。

怖さが消えたわけではないが、自分の力を前向きに捉え、必要ならば必要なとき、適切に使えばいい。今ではそう考えられるようになった。

「キッコって」

出し抜けに英麻が言った。

「人の考えてることが、分かるの？」

「まさかぁ！」

優里奈が笑う。

「それは……、無理。でも……」

キッコは自分の金髪を指で梳《す》いて、目を細めた。

「どんな想いかは、なんとなく……、感じる」

「あんたってそんな、スピリチュアルな感じだっけ？」

首を傾げる優里奈の隣で、英麻がキッコのことをじっと見つめている。

「じゃあボクの気持ち、分かる？」

英麻はそう言って、まるでキッコを受け入れるかのように、両腕を軽く広げた。

キッコは短く息を吐いた。やがて彼女のブラウンの瞳に、透き通った光が満ちる。

英麻の想いのかたちを視る。それはベッドサイドの白熱灯のように、どこか温かくて優しい光だ。

「誰かを……、慈しむような気持ち」

それを聞いた英麻が、くすりと笑った。

「誰かって……、誰？」

キッコは黙って、首を横に振った。そこまでは、分からない。

その意を汲《く》み取《と》って、英麻はそれ以上訊いてこなかった。

「……？」

さっきから優里奈が静かなことに気づいて、キッコは彼女を見上げた。すると優里奈は、廊下のほうをじっと見ている。そこを通りかかった人物の顔を見た途端、一目散にそちらに駆け寄った。

キッコと英麻は、顔を見合わせる。もう一度廊下のほうを見ると、優里奈が長身の男子生徒と、親しげに話している。

「菊池《きくち》先輩だね」

短髪ですっきりとした顔立ちの彼は、優里奈がマネージャーをしているサッカー部の上級生だ。

「一緒にいるのは？」

菊池先輩の隣に、もうひとり男子生徒がいる。長い前髪が両目にかかり、その表情はうかがい知れない。

「佐原《さはら》。同学年だよ。B組の」

英麻がぶっきらぼうに言った。

「知り合い？」

「中学が同じ。家も近い」

なにげなく訊くと、英麻は興味なさそうに答えた。

キッコは廊下のほうを、じっと〝視た〟。優里奈の上気した横顔。彼女のなかに、楽しげに弾けるような想いの奔流があって、それは明らかに菊池先輩に向かっている。

けれどもそれは、恋焦がれるというよりはむしろ、

「優里奈はミーハーだね」

という感想が、キッコの口からこぼれ落ちた。

「でも、愛嬌《あいきょう》あるから。あんな可愛い子が近くにいたら、誰でも好きになるわな」

そう言った英麻の声は、どこか硬さを感じさせた。

ふと、キッコはなにかを強く感じて、目を凝らす。すると、さっきは視えなかった強い想いがそこにあることに気づいた。

温かく、小刻みに震えているような、感情の輪郭。その出処《でどころ》は、菊池先輩の隣に立つ佐原だった。長い前髪を弄《いじ》って、どこか落ち着かなさげだ。

彼の想いが向かう先を辿《たど》る。そこには、菊池先輩に夢中な優里奈がいた。

「……」

キッコは息を飲んだ。とっさに、言葉が出ない。

「どしたの？」

気づいた英麻が、訊いてくる。キッコは慌てて、取り繕った。

「あぁいや、優里奈はたしかにモテるなぁ、って思って」

その途端、英麻の顔から、すっと表情が消えた。

「……」

「え、英麻？」

英麻の切れ長の目が、こちらを見ている。

「あのさ、キッコ」

キッコが怯んだ隙を突くようにして、彼女は言った。

「人の想いを分かったつもりになるのは、傲慢だよ」

信じられないくらい、感情のない声だった。英麻のそんな声音を初めて聞いたキッコは、思わず口ごもるしかなかった。

彼女は立ち上がると、教室を出ていった。その背中を見送りながら大きく深呼吸して、気持ちを落ち着かせる。

わたしは、特別な力を持っている。大好きなおばあちゃんの血から受け継いだ、ドイツの古い魔法使いの力。

佐原の想いはちゃんと視えたし、それが向かう先だって、はっきりと分かった。間違えようがない。こんな簡単なことで傲慢になどならない。

そんなことをもやもやと考えていると、優里奈が席に戻ってきた。表情は晴れやかで、幸せなオーラに満ちている。

「あれ？　英麻は？」

キッコは曖昧に肩をすくめた。優里奈は怪訝な表情をしたが、すぐに気を取り直したように、再びその顔に笑みを滲ませた。

「菊池先輩、やっぱカッコいい〜！」

「楽しそう」

「先輩、ちゃんと彼女いるし。そこだけちゃんとわきまえておけば揉《も》めないし、安心して推し活できるからね」

ふふん、と鼻を鳴らす優里奈はたくましい。その強さも、彼女の魅力なのだろう。

「……まぁ、でもさ」

優里奈が、毛先を弄びながら呟いた。

「ちゃんと彼氏欲しいな、って思うことは、あるよね」

少し照れくさそうに笑った彼女は、とびきり可愛かった。

それを見たとき、キッコは思わず口を開いていた。

「ねぇ優里奈、さっき、佐原っていたでしょ」

「え？　うん、同じサッカー部だからね。先輩とも仲いいんだよ」

「わたし、たぶん分かったんだけどね」

自分を支配しているものが優越感だということに、このときのキッコは気づいていなかった。

『人の想いを分かったつもりになるのは、傲慢だよ』

耳の奥に微かに残る英麻の言葉を、キッコは心のなかで握り潰した。

＊＊＊

その後しばらくして、優里奈は佐原と付き合い始めた。

キッコの言葉がふたりの関係にどんな影響を与えたのか、それは分からない。今さら根掘り葉掘り訊こうとも思わない。

けれども、ひとつの想いがこうして、はっきりとした形になって実を結んだのだ。

キッコは、得意になっていた。

自分は特別な力によって真実を見抜き、大切な友人に幸せをもたらした。その結果に満足するあまり、英麻の警告を無視したことすら忘れて、放課後の誰もいない教室で、彼女に向けて得意げにこう言った。

「『分かったつもり』じゃなかったでしょ？」

そういえば、最近こうして英麻と向き合って話していなかった。元々、ベッタリ付き合う仲ではないのだが、優里奈が佐原と過ごす時間が増えると、キッコが英麻と話す機会がぐっと減った。これまでは意識していなかったが、ひょっとすると優里奈がわたしたちを繋ぐ役割をしてくれていたのかもしれない。

「……だったら、なに？」

英麻は自席に座って窓の下を眺めていたが、キッコのほうを見て静かにそう言った。

グラウンドから、金属バットが球を打つ音が響く。

英麻の瞳は底知れぬ感情を隠して、凪《な》いでいる。

その水鏡のような煌めきに吸い込まれそうになって、キッコのなかに反射的な対抗心が芽生える。その気持ちが、キッコに口を開かせた。

「曖昧な想いに言葉を与えて背中を押せば、人は強くなれるんだ」

正しいことを生徒に教えるような口調で、キッコは続ける。

「英麻だって、自分の気持ちに正直に行動したら、きっと素敵な未来が」

そこでキッコの言葉は不意に途切れた。

英麻の両目に、透き通った涙が滲んでいたからだ。

それは見る間に盛り上がり、頬に流れ落ちる。彼女は涙を拭おうともせず、静かにキッコを見ている。

キッコは動揺した。どうして英麻が泣いているのか、その理由が分からなかった。

そして彼女の涙を見たのは、出会ってからこれが初めてだと気づいた。

「……やっぱり、あんたは」

英麻が、乾いた声を絞り出した。

その美しい両目からは、今も涙がぽろぽろとこぼれ落ちている。

「分かってなかった」

キッコは湧き上がる焦燥感をなんとか抑え込んで、やっとのことで訊いた。

「な、なにが？」

「人の、想いを」

「そんな……、でも、わたしには」

「ちっとも、分かってない」

強い口調で断じる彼女に、キッコは思わず反論した。

「ちょっと待って英麻、なにを、そんなに」

　すると英麻が涙を流したまま、憐れむような、軽蔑するような、歪《ゆが》んだ笑みをその顔に浮かべた。

「……本当に、分からないの？　笑える」

　そんな顔をする英麻は英麻じゃないような気がして、キッコは微かな恐怖を覚えた。

「分からないなら、教えてあげようか。はっきりしてる事実をさ」

　そう言った英麻は指先で涙を拭うと、改めてキッコをまっすぐに見た。

「あんたがしたことは、ただの偽善だよ」

　想像もしていなかった言葉が飛び出して、キッコの息が止まる。

　今や英麻の表情は消え失せ、能面のような美しい顔が、窓から差し込む光に照らされている。

「その偽善で、優里奈に『素敵な未来』が来たのかもしれないけど」

　英麻の声が、キッコの頭のなかで響いている。

「『別の未来』を壊した。跡形もなくね」

　キッコの反応を見定めるように、英麻はしばらく黙ってこちらを見ていた。

　けれども、キッコは動けない。英麻の言葉の意味を捉えようと必死になるが、まるでギアが外れてしまったかのように、思考は前に進まない。

やがて英麻は諦めたように薄い笑みを浮かべると、すぐにそれを消し去って無表情に戻り、席を立った。そうしてしばらくキッコを見下ろしていたが、ふいと横を向くと、そのまま背を向けて歩き出す。

教室のドアのところで立ち止まった彼女が、こちらを振り返った。

「やっぱり『偽善者』かな」

キッコはそちらを見ることもできない。英麻は構わず、言葉を続ける。

「嫌いなタイプの話」

浅い呼吸を繰り返すキッコの喉が、ひゅうという音を立てた。

「……あんたがそうだったなんて、知りたくなかった」

それだけ言い残すと、英麻は教室を出ていった。

誰もいない放課後の教室にひとり取り残されたキッコは、焦点の合わない瞳で、机の表面を見つめていた。

英麻から向けられた『偽善者』という言葉が、脳裏をぐるぐると駆け巡っている。

なにが、いけなかったんだろう。

どこで、間違えたんだろう。

……いや、自分は間違えてなんか、いない。

あのとき、あの放課後の教室で視たのは……。

キッコは必死で、記憶をたどった。

「じゃあボクの気持ち、分かる？」

「誰かを……、慈しむような気持ち」

「佐原。同学年だよ。B組の」

「あぁいや、優里奈はたしかにモテるなぁ、って思って」

「人の想いを分かったつもりになるのは、傲慢だよ」

あのときの英麻の、硬い声を思い出す。

キッコの脳裏に、電流が走った。

英麻のなかに視えた慈しむような感情は、誰に向けられていたものだったのか。

ぶっきらぼうな言葉だけでは推し量れない本当の気持ちを、視たのではなかったか。

「……そん、な」

自分の意志とは関係なく、かすれた声がこぼれ落ちる。

英麻は、佐原のことを……。

自分が壊した『別の未来』が脳裏に広がり、やがてそれは暗転した。

底知れない寒さに、キッコの身体じゅうが小刻みに震えていた。

＊＊＊

改札を抜けたキッコは、駅舎の屋根の向こうに広がる空を見上げた。

冷たい雨が降り続いているが、あいにく傘は持っていない。

しかたがないのでパーカーのフードを被って、歩き出した。すぐに雨が身体を冷やし、飛び出したことを後悔した。

少し進んだところで、駅舎を振り返った。

本当は藤沢まで行くつもりだったのに、車窓から見えた景色にどこか見覚えがあるような気がして、勢いで電車を降りてしまったのだ。

使えるお金は手元にほとんど残っていないので、どこか、雨をしのいで夜を越す場所を見つけなければならない。

通りをゆっくり歩きながら、周囲を見回してみる。

「……やっぱり知ってる。ここ」

呟きが雨音に溶けてゆく。

おそらくドイツに暮らしていた幼少期、母の帰省で来日したとき、訪れたことがあったのかもしれない。

しばらく歩いてみるが、道はまっすぐに続いている。たぶんこの先に、江の島があるのだろう。時間と天気のせいか人通りは多くないが、みな一様に、キッコがやってきた駅のほうに向かっている。

傘もささずにずぶ濡れになって歩くキッコをちらちらと見ながらすれ違ってゆく人たちはみな、家族や恋人、誰かと一緒に、身を寄せ合っている。キッコは自分がひとりぼっちであることを思い知って、次第に足から力が抜け、立ち止まった。傍らにあった店舗の冷たいシャッターに、寄りかかる。

小さなリュックにはほとんど物が入っていないが、ずっしりと重い。降りしきる雨が、体温を奪い続ける。誤魔化しきれない空腹が、身体を内側から蝕《むしば》む。

人とは違う力を持つ自分が、誰かと一緒に平穏に生きることなど、できないのかもしれない。何度やっても、上手くいかなかった。

ひょっとしたら自分はこのまま、消えてしまったほうが、よいのかもしれない。

そんな突拍子もない考えが、音もなく胸のなかに広がってゆく。視界が狭くなり、暗くなり、このまま両目を閉じてしまおうかと思った。

そのとき偶然に、ふと、灯《あか》りが目に入った。顔を上げると、細い路地の奥に暖簾のかかった店があった。そこから光が漏れているのだ。

心なしか、良い匂いが漂ってくる気がする。

その店の軒先には和帽子、作務衣姿の青年がいて、ちょうど暖簾に手を伸ばそうとしているところだった。

キッコはシャッターから背中を離すと、まるで引き寄せられるように、ふらふらとそちらに歩き始める。

薄闇に降りしきる雨のなか、その青年がこちらを見た。

顔はよく見えない。

けれどもキッコは、なぜかその青年を、知っているような気がした。

第三話　月の光と生姜焼き

　とある平日の昼下がり。

　藤沢での買い物の帰り、キッコは両手に大きなエコバッグを提げて、江ノ電に乗っていた。車内は空いてるが、荷物が大きすぎて邪魔だと思い、席には座らず扉の横に立ち、窓の外を眺めていた。

　ポケットのなかでスマホが震える。まひろからのメッセージだろうか。キッコは身をよじって、スマホを取り出そうとした。そのとき、右手のエコバッグがずり落ちて、中身を盛大にぶちまけてしまった。

「わあっ」

　自分でも間抜けだと思う声を上げて慌ててしゃがみ込むと、今度は左手の袋からバラバラと物がこぼれ落ちる。顔をしかめながら、ふたつの袋を床に置き、散らばったものを拾い始めた。

そうこうしているうちに電車は次の駅に近づき、キッコがいる側のドアがもうじき開くことを、車内放送が告げる。

このままでは間に合わないと狼狽したとき、ひとりの若い女性が、キッコのそばにすっとしゃがみ込んだ。かと思うと、手際よく散らばった物を拾い集め、ふたつの袋に入れてくれた。

「あ、ありがとうございます」

よいしょ、とエコバックを持ち直したキッコは、女性に向けて礼を言った。

「すごい荷物ですね。大丈夫ですか？」

女性は透明感のある柔らかい笑みを浮かべ、キッコを気遣ってくれた。肩に届くらいのブラウンの髪は手入れが行き届いていて、陽の光に輝いているようだ。笑うと半月状になる魅力的な目元に、すっと通った鼻梁。ふっくらとした唇。それを見たキッコは驚愕《きょうがく》の表情を浮かべ、思わず呟いていた。

「……か、かわいい」

それを聞いた女性が俯き加減に、照れた様子で口を結んで首を横に振る。その様子がまた可愛らしくて、キッコは大きなため息をついた。

電車はいつの間にか駅に停車し、キッコたちの目の前のドアも開いたが、幸い誰も乗り降りすることはなく、ドアが閉まり電車は再び動き出す。そこでようやく、キッコは我に返った。

「あ、これ……、お店で使う備品で」

「へぇ！　なんのお店ですか？」

「えっと、『ひなた食堂』っていう……」

「かわいい名前！　あとで調べてみますね」

女性がにっこりと笑った。それから会話が途切れ、沈黙が訪れたが、キッコは彼女の横顔から目が離せなかった。やがて電車は江ノ島駅に到着し、再びドアが開く。降りる前にそれじゃ、と挨拶しようとしたら、彼女も同じタイミングで会釈をして、ふたりで笑い合いながらホームに降りた。

「お家《うち》、この近くですか？」

キッコが訊くと、彼女ははにかんだ。

「いえ、これからバイトなんです。それじゃ！」

「あ、さっきは、本当にありがとう！　バイト、がんばって」

彼女は照れくさそうに笑いながら、小走りにホームを駆けていった。その華奢な背中を見送って、キッコはもう一度ため息をついた。

「……なんか、癒やされる」

発想がオヤジっぽいかな、とキッコは反省し、両手の荷物を持ち直して歩き出した。


その日の夜。

ひなた食堂は盛況で、キッコは慌ただしく働いていた。今日は一人客が多く、キッコは注文を取り、料理を運び、皿を下げてテーブルを拭き、レジに立ち、厨房の洗い物を引き受け、息つく暇もない忙しさだった。

しかしその分、長居する客は少なく、やがて客足が途絶えた。

キッコは各テーブルを整え、洗い物を片付けると、一人席に座ってカウンターに頬《ほお》杖《づえ》をついた。ラッシュを終えて、調理場を整えているまひろの背中を眺めながら、ここ最近の出来事について、ぼんやりと考える。

咲歩と璃子の想いは一度離れかけたが、再び交わることができた。彼女たちは今、新しい道を歩き始めたところだ。

惣一とミヤコのこれまでの人生は、キッコには想像もできないような起伏に富んでいたに違いない。彼らの黄昏の時間において、ふたりの想いはこれまでにないほど寄り添い合い、そこには穏やかな幸福が満ちていることだろう。

キッコの胸のなかに、温かい感情が生まれた。

それは、自らの「魔法」が誰かを勇気づけ、誰かの人生に前向きな影響を確かに与えている、という実感に他ならない。

過去に犯した失敗の傷は決して消せないが、近ごろはいつになく「上手くやれている」ことが嬉しくて、少しずつ自信を取り戻しつつあった。

そのとき引き戸が滑る音がして、新たな来客があった。キッコは立ち上がる。

「えいちゃん、いらっしゃい」

まひろの十年来の友人である、坂倉瑛介だった。

「やぁ。……えっと、開店休業状態？」

瑛介がカウンター席の定位置に腰掛けた。

「ついさっきまで、戦場みたいだったよ」

「一番いいときに来たってわけか」

童顔をほころばせた瑛介に、キッコはおしぼりを渡しながら訊いた。

「今日はどうするの？」

「うーん。生ビールお願いします」

それから瑛介は、今日のおすすめが書かれた黒板を睨みながら、厨房のまひろに向かって声をかけた。

「どれも美味しそうなんだけど、疲れちゃって選べないなぁ。おまかせで、あっさり系とガッツリ系をバランス良く食べたいなぁ」

手を止めたまひろが瑛介をちらりと見てから、返事もせずに動き出す。こんなオーダーが通用するのは、瑛介だけだ。

キッコは内心で苦笑しながら、ビールジョッキと突き出しの小鉢を彼の前に置いた。

ビールを飲んで口元に白い泡をつけた瑛介は、幸せそうなため息をついた。

「おつかれさま、えいちゃん。最近、お店のほうはどう？」

すると瑛介がどういうわけか、もじもじしている。

どこか痒《かゆ》いのかな？　などと思ったのも束《つか》の間《ま》、キッコはピンと閃《ひらめ》いた。それに気づいた瑛介が、会話の主導権を握られてはかなわない、といった様子で、慌てて口を開く。

「うん、まぁ……、なんとかやってる。新しく来てくれたバイトの子も、よくやってくれてるし」

「こないだ話してた子？」

瑛介は伏し目がちで、照れたように笑った。

キッコの大きなブラウンの瞳に、音もなく透き通った光が宿る。目の前の瑛介からはとても柔らかく、温かい感情が伝わってくる。〝視る〟だけでこちらが幸せになるような、心地のよい波長。キッコは嬉しくなった。

「お名前はなんていうの？」

「えっと……。佳奈絵《かなえ》ちゃんっていうんだ。僕なんかの話でも、興味深そうに聞いてくれる」

なぜか申し訳なさそうな様子で、瑛介が苦笑した。

「どんな子かな」

キッコは自分のなかに、抑えがたい好奇心がむくりと首をもたげるのを感じた。

＊

次の火曜日、すなわち、ひなた食堂の定休日。

キッコは片瀬江ノ島駅にほど近い、閑静な住宅街を歩いていた。大きな戸建てが立ち並ぶ道を進むと、突如レンガ造りのこじんまりとした店舗が現れる。

木製のシックなドアの横には大きなガラス窓があり、店内のショーケースに宝石のような色とりどりのケーキが見える。キッコが見上げたドア上の小さなプレートには、店名が書かれている。

ここが、瑛介が店主を務める洋菓子店『パティスリー・クォーツ』だ。

キッコは少しばかり緊張して、ドアを開いた。

「いらっしゃいませ！」

板張りの店内に足を踏み入れた瞬間、朗らかな声が出迎えてくれた。ショーケースの向こう側に、真っ白なコックコートに赤いスカーフ、黒いキャップを被った小柄な女性が立っていて、透明感のある柔らかい笑顔を浮かべている。

「こんにちは」

小声で応じてから、キッコはケーキとその女性に、交互に視線を滑らせた。

「……あ、れ？」

思わず声を上げてしまった自分に気づいた。キッコは慌てて、その失態を取り繕おうとしたが、手をパタパタと振っただけで、かえって挙動不審になってしまった。

眼前の女性の、キャップからのぞくブラウンの髪。笑うと半月状になる魅力的な目元。すっと通った鼻梁に、ふっくらとした唇。

キッコの脳に、電流が走った。

「やっぱり、あのときの」

「……え？」

今度は、彼女が疑問符を浮かべる番だった。

「あの……。わたしが落としたもの、一緒に拾ってくれた……。江ノ電で」

目を見開いた彼女も、そのことを思い出したようだ。

「え、あのときの？」

あの日の断片的なシーンが脳裏に浮かぶ。

「その節は……、ありがとうございました」

「いえ！　すごいですね、また会えるなんて」

頬を紅潮させた彼女とひとしきり笑い合ってから、キッコは居住まいを正した。

「えっと、じゃあ……、あなたが佳奈絵ちゃん？」

「はい！　……あれ、でも、どうして？」

怪訝な表情になった彼女に向けて、キッコは説明した。

「えいちゃんに、……ここの店長さんに、教えてもらったんだ。彼、ひなた食堂の常連、っていうか、店主と仲が良くて、よく来てくれるので」

佳奈絵がどこか安心した様子で、肩の力を抜いた。

「そうだったんですね」

「改めまして。わたし、水島季湖です」

ぺこりと頭を下げたとき、瑛介の声がした。

「キッコちゃん、いらっしゃい」

白いコック帽を被った瑛介が、奥の厨房から顔をのぞかせた。キッコは片手を挙げて笑みを返す。瑛介は苦笑のようなものを浮かべて、すぐに引っ込んでしまった。

ガラス越しに見える厨房では、瑛介が真剣な表情に戻り、手を動かしている。ひなた食堂では見ることのできない顔だ。

キッコは佳奈絵に向き直る。

「……バイト、どう？」

訊いてから、馴れ馴れしかったかな、と後悔した。しかし佳奈絵が気にした様子はなく、屈託のない笑みを浮かべた。

「まだ慣れないことも多くて、迷惑ばかりかけてます。でも、店長優しいので！」

元気よく答えた彼女の仕草がかわいくて、キッコは微笑んだ。

「……あ、優しいだけじゃないですよ！　店長、すごいんです。製菓のこと、訊けばなんでも丁寧に教えてくれますし、技術はもちろん、想いも、とても素敵で……。私、本当に尊敬してるんです」

熱っぽく話す佳奈絵の表情を前にして、キッコはおや、と思った。なにかが視えた気がした。

「製菓、好きなんだね」

「はい！ まずは接客からですけど、いずれは厨房のお仕事もしてみたくて」

「素敵」

キッコが微笑むと、佳奈絵はなにかを言おうとして口を開きかけた。けれども目は泳ぎ、やがて口をつぐんでしまう。

「……？」

キッコが少しだけ首を傾げ、言葉を待った。

すると、佳奈絵は自分自身を励ますように小さく頷き、どこか神妙な面持ちで口ごもりながらこう言った。

「……製菓学校に通って勉強してみたくて。……今は、大学の社会学部にいるんですけど……」

佳奈絵が口にしたのは、関東では有名な私立大学の名前だった。

「大学は、深く考えずに選んじゃったので」

「すごい。わたし、大学に行ったことがないから」

キッコが言うと、佳奈絵はバツが悪そうな顔で目を伏せた。

「ごめんなさい。……やっぱり、おかしいですよね。もっと現実見ろ、って思いますよね」

「どうして？」

佳奈絵が顔を上げた。

「……だって、大学入っといて、勉強に身が入らなくて、また製菓学校に入り直すなんて」

「それが佳奈絵ちゃんのやりたいことなら、おかしくなんかないと思う」

佳奈絵の表情はまだ硬いが、口元にゆっくりと安堵の色が広がる。

「ありがとうございます。……これを話して、否定せずちゃんと聞いてくれたの、店長と季湖さんだけです」

キッコは微笑んだ。佳奈絵の懊悩《おうのう》に、微かな羨望を感じながら。

「店長は製菓の仕事の大変さも、ちゃんと包み隠さず教えてくれました。私、憧れだけであれこれ訊いちゃうんですけど、現実的に仕事として成り立たせていくことの難しさとか、具体的にどんなことが困難になるのか、とか。……本当に好きで、全力で向き合っていないと、あんなふうには話せないと思います」

キッコのブラウンの瞳に、澄んだ光が宿る。饒舌に語る佳奈絵を正面から間近で〝視た〟彼女は、その感情の輪郭を感じ取った。

まっすぐでどこか熱を感じさせるような、力強い光線のような想い。憧れや尊敬に彩られた、純粋な好意。大切で、尊いものに向き合うときの感情。それらの波長を読み取ったキッコは、自分の胸にも温かい気持ちが生まれているのに気づいた。

キッコは〝視る〟のをやめた。そして、最近これと同じような感覚を、どこかで抱いたような気がして、記憶を辿る。

〝視る〟だけで幸せになるような、心地よい波長……。

「……あ」

キッコは微かな声を漏らした。それに気づいた佳奈絵が少し不思議そうな顔をする。けれどもキッコは彼女の後ろ、厨房に立つ瑛介のほうをちらりと見た。

そうだ。

この感覚は以前、ひなた食堂で佳奈絵のことを話す、瑛介を〝視た〟ときに感じた波長に似ているのだ。

「季湖さん、どうかされましたか？」

心配そうに佳奈絵が訊いてくる。たぶん彼女には、キッコがぼんやりとした顔で突っ立っているように見えたのだろう。

ちょうどそのときドアベルが鳴って、若い男性客がひとり入ってきた。長身だが伏し目がちで、ショーケースのなかと佳奈絵にちらちらと気弱そうな視線を向けている。

キッコは我に返った。

「うぅん、なんでもない。……えっと、フレジェと、タルトタタンください」

「あ、はい！　お持ち歩きのお時間は……」

代金を支払い、佳奈絵がケーキを丁寧に包んでくれるのを眺めていると、キッコは自然と顔がほころんできた。佳奈絵は来店した男性客のほうも気にしているので長居はできないが、これだけは伝えたかった。

「なんだか嬉しい。佳奈絵ちゃんとえいちゃんの関係が、すごく素敵で」

「……え？」

佳奈絵が驚いたような表情を浮かべる。

「お互いを大切にしてて、深いところで繋がってるっていうか」

奥の厨房から、瑛介が出てきた。後ろで待っている男性客に朗らかな声をかけた。

「いらっしゃいませ。お決まりでしたら、どうぞ」

潮時だろう。キッコはケーキの箱を受け取り、帰ることにした。

「お話できて良かった。ひなた食堂にも来てね」

「はい！　どうも、ありがとうございました」

「じゃあね、えいちゃん」

キッコは空いているほうの片手を挙げると、意気揚々と引き上げた。

＊

翌日のひなた食堂、夜の営業時間。

客の入りが途切れ、店内の席は半分ほど埋まっているものの注文も落ち着き、ぽっかりと間隙のような時間が訪れた。下げた食器を厨房の流しで洗いながら、キッコはぽつりと呟く。

「お似合いだと思うんだけどな」

水音に混じる声を聞き漏らさなかったまひろが、調理スペースを整えながら、怪訝そうな表情を浮かべた。

「なんの話だ？」

洗い物を終えて水を止めたキッコは、上機嫌だ。

「別に？　こっちの話だよ」

まひろはいつものように醒《さ》めた視線を向けてくる。なにか言いたげな顔をしている。

「……過信は禁物。上手くいってると思うときほど、自分の行動を省みたほうがいい」

それだけ言って彼は小さくため息をつくと、奥へ引っ込んでしまった。

そこへ再び来客があった。キッコは元気よく出迎える。そこから追加オーダー、会計などが重なり、再び慌ただしい時間に突入してしまった。

このときのキッコは、夢にも思わなかった。

聞き流したまひろの説教を思い起こさずにはいられないような出来事が、まさか本当に、起こることになるなんて。

夜営業の終盤にさしかかった頃、それは瑛介からの電話という形で、キッコのもとに届いた。

「はい、ひなた食堂です。……あ、えいちゃん？」

受話器の向こうから響く瑛介の声は、最初から硬かった。理由は分からないが、彼は静かに怒っている。そう思った。

『キッコちゃん、昨日ウチに来てくれたよね。そのとき、佳奈絵ちゃんになにか言った？』

「え……、なにか、って？」

『佳奈絵ちゃん、今日、バイト来なかったんだ』

話を聞くキッコの表情が、少しずつ強張っていく。

『電話したら出てくれたんだけど……、バイトも辞めさせてくれ、って言われて』

「え？　……え？」

『理由を訊いたら、恋人と相当ひどい喧嘩《けんか》、したらしくて』

恋人、という単語に、キッコは頭を殴られたような衝撃を受ける。

『昨夜は全然眠れなくて、目も腫れてるから、とても店に出れるような状況じゃない。それに、バイトも辞めろって言われてる。……って、泣きながら、申し訳なさそうに教えてくれて』

「そんな……」

瑛介が一呼吸置いて、厳然と言った。

『昨日キッコちゃんと入れ替わりで来たお客さん、覚えてる？』

脳裏に、昨日のシーンがフラッシュバックする。

長身だが伏し目がちで、ショーケースのなかと佳奈絵にちらちらと気弱そうな視線を向けていた、若い男性客。

『あの人が、佳奈絵ちゃんの恋人。それでどういうわけか、佳奈絵ちゃんが僕と浮気してると勘違いしたらしくて……。いくら否定しても信じてもらえなくて、泥沼の喧嘩になったらしい』

キッコは息苦しさを感じて喘《あえ》いだ。いつの間にか、自分の呼吸が浅くなっている。

……自分は昨日あの場で、なにを口にしたか？

「なんだか嬉しい。佳奈絵ちゃんとえいちゃんの関係が、すごく素敵で」

「お互いを大切にしてて、深いところで繋がってるっていうか」

「じゃあね、えいちゃん」

それを、佳奈絵の恋人は聞いていた。自分を接客する店主が『えいちゃん』だと知った。そのとき彼の心に、嫉妬の火がついたのかもしれない。

声が、出なかった。頭は高速で動いているが、なにを考えようとしているのか、自分でも分からない。

「わたしは……、ただ、えいちゃんと佳奈絵ちゃんの想いが……。素敵で、ふたりはお似合いだと思った、から」

すると瑛介が、これまで聞いたことがないような、静かな怒気を孕《はら》んだ声で言った。

『佳奈絵ちゃんには、ちゃんとした恋人がいるんだよ』

再び、頭をがつんと殴られたような気がした。瑛介は続ける。

『どういうつもりで、なにを言ったのか、知らないけど……』

キッコちゃんは必死で考えを巡らせる。どこで、なにを間違ったのだろうか。

『キッコちゃんは、人の心に土足で踏み込んでる』

「ち、ちがう！……わたしは」

なにが、違うというのだろうか。

瑛介の、佳奈絵を想う気持ち。佳奈絵が、瑛介のことを語るときの、感情の揺らぎ。それらはすべて、あくまで製菓という仕事に魅せられた者同士が互いを思いやる気持ち、純粋な敬愛の交流だったのだ。

「……」

恋愛感情に違いないと決めつけ、それを匂わせるような言葉を口にしたのは自分だ。それが佳奈絵の恋人の耳に入り、佳奈絵を苦しませ、瑛介を怒らせたのだ。

全てを認めた途端、キッコは完全に言葉を失った。

『お節介のつもりなのかもしれないけど』

瑛介の声が、受話器の向こうから聞こえる。

『無責任な決めつけで壊れてしまうものも……、あるんだよ』

『あんたがしたことは、ただの偽善だよ』

彼女の声が、聞こえた。

彼女の綺麗な瞳に浮かんだ、澄んだ涙を思い出す。

『「別の未来」を壊した。跡形もなくね』

キッコは我に返る。

電話はいつの間にか、切れていた。受話器から、単調な音が漏れている。

受話器を置いた手の震えが止まらない。キッコはその手を、胸の前で強く握り締めた。得体の知れない寒気が、背筋を駆け上ってくる。それなのに、額には汗が滲んでいた。

キッコは店を飛び出した。

慌てて呼び止めるまひろの声が、背後から聞こえる。それでも、キッコは足を止めることができなかった。

すばな通りに飛び出し、人並みを縫うように走る。道行く人々の、好奇の視線が突き刺さる。いったい、どこへ向かおうというのか。自分でも分からなかった。

息を切らし走る彼女の視線の先、夕暮れの淡い光のなかに、江の島の姿が浮かび上がっていた。

＊＊＊

まひろはひとりで、夜の江の島を駆け回っていた。

弁財天仲見世《べんざいてんなかみせ》通りを抜け、八坂《やさか》神社、中津宮《なかつみや》、江の島シーキャンドル……。しかし、彼女の姿は見つからない。

御岩屋《おいわや》道《みち》通り、奥津宮《おくつみや》、稚児《ちご》ヶ淵《ふち》、江《え》の島岩屋《しまいわや》のほうまで足を向けたが、非日常に高揚する表情を浮かべた観光客ばかりだった。

江の島の入り口、青銅の鳥居へ戻ってきたまひろは立ち止まり、両膝に手をついて浅い呼吸を整えながら、必死で考えを巡らせる。

どこか、キッコが行きそうなところは、ないだろうか……。

吹き出した汗が、額を流れ落ちた。

これまでの彼女との他愛のない会話の断片を思い起こす。

なにか、思考や行動に繋がりそうなものがないか……。

そのときまひろの脳裏に突然、なにかが閃いた。

ゆっくりと、顔を上げる。

その目が、江の島弁天橋《べんてんばし》の向こうを見据える。

彼は再び、走り出した。

＊　＊　＊

闇に沈んだ砂浜に座るキッコは目を閉じて、波の音に耳を澄ませている。

どうして自分は、あんな思い込みをしたのだろうか。

どうして自分の力を、過信してしまったのだろうか。

まひろがくれた忠告は、悔しいほどに正しかった。

最近は上手くやれているという自信に溺れ、過去の失敗に蓋をして、見ないふりをしていた。そんな自分の不甲斐《ふがい》ない姿を認めて、深く恥じ入った。

「……バカ」

抱え込んだ両膝に、額を押し付ける。いくら後悔しても、決して事態は好転しないのだ。深く息を吸い、細く長く、吐き出す。それと同時に小さくお腹が鳴った。

こんなときでもお腹が空く自分に呆れて、ますます泣きたくなる。

「わたし……、なにやってるのかな……」

とてつもない虚無感が、キッコを襲う。指先を動かすことすら億劫《おっくう》に思えた。

幻聴だと分かっていても、波間に大好きな祖母の声が聞こえる気がする。

たしかにこれは、聞き覚えのある声だ。

……なんて言ってるんだろう？

「よう。ここは、静かだな」

弾かれたように、顔を上げた。そこに、まひろが立っていた。

「……なんで、いるんだよぉ……」

胸の奥からこみ上げてきた熱いなにかが、キッコの声を湿らせた。

「突然なにも言わずに飛び出したお前を放っておいて、店開けてられるかよ」

凶悪な目つきを、取り繕うこともない。けれどもそれは、キッコに対して素の自分を見せているということに、他ならないのだ。

「今日の夜営業は止めにした」

「……ごめん」

キッコは心底申し訳なく思い、目を伏せた。しかしまひろは、小さくため息をついただけだった。

まひろは、不思議な男だ。キッコがいくら〝視よう〟としても、その心の内を感じ取ることはできない。彼のまわりは、いつでも凪いでいる。キッコが誰かと対峙《たいじ》するときに感じるざわめきが、彼を前にしたときに限っては、少しも感じられないのだ。

「落ち着いたのか？」

「……うん。静かだから、ここ」

まひろが傍にいることで、先ほどよりもその静けさが増したような気がした。

キッコは突然強い羞恥心を自覚して、再び両膝に顔をうずめた。波の音が聞こえる。

まひろはなにも言わないが、その存在感がキッコに安心と焦燥を同時に与える。思考は乱れ、彼女は歯を食いしばった。

また、小さくお腹が鳴った。

心と身体のちぐはぐさに、泣きたくなった。

がさがさという音がする。

「……腹、減ってないか？」

顔を上げると、まひろがリュックから取り出した包みを手に持っている。

呆気に取られていると、彼は包み布を解いて、弁当箱を差し出してきた。キッコはおずおずとそれを受け取り、膝の上に載せる。まだ、ほのかに温かい。

蓋を取ると、ふわりといい匂いが立ち上り、鼻孔をくすぐった。

思わず吐息が漏れる。

「これって」

「豚肉の生姜焼きだよ。……すぐ作れるからな」

あの雨の日……、ひなた食堂の軒先で初めてまひろと出会った日、彼が作ってくれたものと、同じメニューだ。

「美味しそう……」

「ほれ」

まひろはおしぼりを取り出した。店で使っているものだ。キッコはそれを受け取り、ゆっくりと手を拭く。続けてまひろが、箸を差し出してくれた。

「ありがたいけど……、情けないし、恥ずかしい」

「いいから、食え」

ぶっきらぼうにそう言って、まひろは立ち上がった。そっぽを向いて少し離れたのはこちらへの気遣いか、本当に照れているのか、どちらなのだろう。

キッコは箸を持ったまま両手を合わせると、いただきます、と呟いた。ご飯を少し食べてから、豚肉と玉ねぎを口に運ぶ。程よい生姜の香りが鼻に抜け、醤油ダレと絡んだ豚肉の旨味、玉ねぎの甘みが、優しく広がってゆく。

感想を言うのも忘れて、ご飯と生姜焼きを交互に味わう。気づけば弁当箱の中身は、半分くらいになっていた。そこで不意に喉の渇きを覚えて、キッコは咳《せ》き込んだ。

するとまひろが、これまたリュックのなかから取り出した水筒の蓋を開けて、カップに中身を注ぐ。手渡してくれたそれは、豆腐とわかめが浮かぶ、熱い味噌汁だった。

「しまった。……ネギ忘れた」

まひろがリュックのなかを探りながら、珍しく悔しそうに言った。その様子がおかしくて、キッコは思わず小さく吹き出してしまった。味噌汁を見た瞬間、小口切りにしたネギも出てきそうだな、と思ったので、逆に少し安心したのかもしれない。

彼は彼なりに焦って、このお弁当を用意してくれたのだ。可笑しさや申し訳なさ、後悔や恥ずかしさがないまぜになって、胸が苦しくなる。

キッコは両手に抱えたカップに息を吹きかけてから、味噌汁をすすった。その温かさがお腹に落ちて、一気に胸が熱くなった。

抑え込んでいた感情が、吹き出してくる。外れたタガを締め直すことは、できそうにない。身体が反応する。こみ上げる嗚咽。滲む視界。やがて決壊したように、両目から涙がぼろぼろとこぼれ落ちた。

「まひろは、すごい……」

泣いているキッコに気づいて、彼が身じろぎする音が聞こえた。

「……こうやって美味しい料理で、人を元気にできる」

なんとか声を絞り出して、しゃくり上げる。

まひろの靴が砂を踏む音がした。いつものぶっきらぼうな声が、降ってくる。

「お前の力だって……、ちゃんと、人を笑顔にしてきただろ」

「でも……。えいちゃんを、怒らせちゃった。佳奈絵ちゃんを……、悲しませた」

止まらない涙がキッコの頬を伝い、砂浜に落ちた。

「やっぱり、わたしは……」

声が詰まり、喉の奥が熱くなる。キッコは肩を震わせながら、それを言葉にした。

「魔女は……、人と触れ合っちゃ、いけないんだ。不幸にしてしまうから……」

見上げると、まひろがじっと、こちらを見つめていた。その瞳から、感情を読み取ることはできない。

「だからわたしは……、やっぱり、ひとりでいるべきなんだ」

まひろの表情は、変わらなかった。けれどもキッコには、これまでにない揺らぎのようなものが〝視えた〟気がした。

彼はリュックを置くと、おもむろにキッコの隣に腰を下ろした。その視線は遠く、水平線と夜空との境界へ向けられている。

「確かにお前は、特別な力を持ってる。……でも、それ自体は悪いことじゃない」

キッコは、両手に持ったカップをぎゅっと握り締めた。

「鳥が空を飛ぶことを、悪いって言うヤツはいないだろ。それと同じさ」

まひろはそこで言葉を切ると、キッコをまっすぐに見た。

「でも、力を過信して、冷静さを欠くのはダメだ」

初めて聞く、彼の強い言葉だった。

「人の想いは、単純じゃない。自分自身でもよく分からないものを、他人が外からこうだと決めつけるのは、傲慢だ」

しっかりとした口調でそう諭されて、キッコはただ、項垂れるしかなかった。

なんの反論もできないし、まひろの言う通りだと思ったからだ。

再び滲んだ涙が、キッコの瞳を濡らす。

「……まぁ、でもな」

その次に聞こえてきたまひろの声は、少しだけ遠慮するような、聞き慣れたいつもの調子だった。キッコは顔を上げて、彼を見た。

「さっきも言ったけど……。お前のその力と行動で、いくつも笑顔が生まれて……、そうでなければ実らなかった想いが実を結んだことも、事実だ」

軽く咳払いをして、まひろは苦笑した。

「それにお前はきっと心のなかじゃ、『困ってる人がいるのに見て見ぬ振りをするのは欺瞞《ぎまん》だ』とかなんとか、そういうことを思っちまうヤツだからな……」

完全な図星で、キッコはなんだか恥ずかしくなった。照れ隠しに、味噌汁を飲む。

まひろは再び、視線を海の向こうに転じた。

「気質は変えられないし、変えちまったら……、それはもう、俺が知ってるキッコじゃなくなる。……だから」

彼はそこでなぜか、ふぅ、と息継ぎをした。

「これからも陰ながら、困っている人の力になればいいと思う。……ただし、冷静さを忘れずに、な」

その声があまりにも優しかったので、キッコのなかで感情が暴れだしそうになる。

彼女はそれをぐっと堪えると、涙で滲んだ両目に自分の腕をぐっと押し付けた。

「……、て」

「ん？」

か細い声は聞き取れず、まひろは聞き返した。

するとキッコは顔を上げて、潤んだ瞳で彼を見た。

「まひろが……、傍に、いて」

「……どういう、意味だ？」

慎重に言葉を選びながら、まひろは居住まいを正した。

「わたし、また失敗しちゃうかも、しれないから。だから……。いっつも、憎たらしいくらい冷静なまひろが傍にいて……、わたしを、叱って」

いきなりそう言われたまひろは面食らったが、なんとか冷静さを取り戻すと、落ち着き払った声で訊いた。

「それは……、自分じゃどうしようもない、って意味か？」

キッコはまっすぐに、まひろを見つめている。

「もちろん、努力する。……でも、自信がない。また誰かを傷つけてしまうのが怖い。……だからまひろに、傍で見ててほしい。ちゃんと、気づいてくれると思うから」

声は消え入るようにしぼみ、キッコはおずおずと手を伸ばすと、隣に座るまひろの袖をそっと摑んだ。普段のどこか淡々とした様子からは想像もつかない彼女の弱々しい姿に、まひろは少しばかりどぎまぎする。

やがて彼は意を決すると、キッコの瞳をじっと見返した。

「分かったよ」

照れから視線を逸らしそうになるのを必死に堪え、まひろは言った。

「傍で、見ててやる。……お前が、ひなた食堂にいる間なら、な」

明るく輝く月の光が、夜の水面に揺れている。

どこまでも優しげな波の音が、ふたりを柔らかく包み込んでいた。

＊＊＊

次の日のランチ営業から、キッコは元通り、店に出ることができた。

まひろに感謝しつつも、彼女の心に引っかかっているのは、どうやって瑛介と佳奈絵に謝ろうか、ということだった。

あんなことがあった手前、待っていても彼らがひなた食堂を訪れるとは思えない。

やはり、こちらからクォーツに出向くしかないだろう。

けれど、果たして話を聞いてもらえるのだろうか。そして、自分はどんな言葉で、謝罪をすれば良いのだろうか。

そんなことを思い悩んでいるうちに、あっという間に数日が過ぎてしまった。


ひなた食堂の定休日。晴れた午前中。

まひろはいつものように、昼過ぎまで起きてこないつもりだろう。しかしキッコは、部屋でじっとしている気分にはなれなかった。

ジーンズにパーカーというラフな格好で外に出ると、キッコは江ノ電に飛び乗った。

終点の藤沢で降りたが、行くあてもない。いっそ、都内のほうへ出てみようか。けれど、その先のプランが浮かばない。

「……とりあえず」

落ち着いて考えようと、キッコは行きつけのカフェに入った。

開店して間もない、混み始める前の時間だ。

窓際の一人席に座り、アイスカフェオレを注文する。スマホを取り出し、今日の計画を立てようとするが、思考はまとまらない。運ばれてきたアイスカフェオレを飲んで、ため息をついたところで、背後のテーブル席から男性の話し声が耳に入った。

「就活ってのは、要はゲームと同じなんだな」

「……ゲーム、ですか」

遠慮がちで戸惑うような、女性の声。

「そ。演じればいいんだよ。採用担当が欲しがる人材を」

余裕を漂わせ、どこか皮肉めいた調子の、男性の声。

「……欲しがる、人材」

女性が小さな声で、そう繰り返した。

「商社なら商社の、建設なら建設の、『受ける』人材ってのが、確実にあるわけ。で、それはやっぱり内部の人間に訊くのが一番早いのね？　そういうときに、ＯＢのコネが活きてくるわけ」

「……はい」

キッコは肩越しに、ちらりと振り返った。ジャケット姿、眼鏡をかけたアラフォーくらいの男性が、どこかニヒルな表情を浮かべている。その差し向かい、こちらに背を向けて座る若い女性が、相槌を打つように浅く頷いているようだ。

それからも、男性の就活談義は続いた。

本人としては、自分たち『型にはまった社会人』を一括《くく》りにして卑下しているつもりなのかもしれないが、その話しぶりには自嘲というより軽蔑が強く感じられて、キッコが聞いていても、決して気持ちの良いものではなかった。

スマホで調べ物をしつつも、男性の話が耳に入ってしまい、集中できない。三十分経ってもキッコは気もそぞろで、諦めてスマホをテーブルに置くと、小さくため息をついた。アイスカフェオレは、もうほとんど残っていない。

新しいものを注文しようか迷ったとき、背後のふたりが立ち上がった。

「訊きたいことあったら、いつでも連絡して。ここ、払っとくから。ごゆっくり」

「ありがとうございました！」

先に店を出る男性に向けて、精一杯元気よく礼を言った女性の声を聞いて、はっと気づいた。自分はこの声を知っている。慌てて振り返ると、女性の横顔が見えた。

「……佳奈絵、ちゃん」

思わず呟いた声に反応して、相手がこちらを見る。佳奈絵が驚いた表情を浮かべる。

「季湖さん⁉」

＊

「ごめん。話、聞こえちゃった」

佳奈絵が座るテーブルに移ったキッコは、新しく注文したカシスティーのカップを前にして、申し訳なさそうに目を伏せた。

「いえ、大丈夫ですよ。季湖さんとまた会えて、嬉しいです」

そう言いつつ表情を陰らせて苦笑した佳奈絵に向けて、キッコは労《ねぎら》いの声をかけた。

「なんていうか、おつかれさま。大変だったね。さっきの……」

「正直、疲れちゃいました」

佳奈絵はてへ、と可愛らしく笑ってから、店員を呼ぶと、新しくケーキと珈琲を注文した。

「甘いもの食べて、リセットします」

「ああいう話し方、しんどい。……って、ごめん。お知り合いか」

「うぅん、大学の先輩から紹介してもらった、サークルのOBさんなので。私も今日、初めて会ったんです。就活の話、してくれるっていうから」

「就職考えてるんだ。すごい」

キッコは焦っていた。本当に伝えたいのは、こんなことじゃないのだ。

そこへ、店員が佳奈絵の珈琲とケーキを運んできた。ミントの葉があしらわれた、クリームチーズケーキだ。それを見た途端、キッコは覚悟を決めた。

「佳奈絵ちゃん。こないだはクォーツで変なこと言って……、ごめんなさい」

一息に言ってから、キッコは頭を下げた。目を閉じ、そのまま動きを止める。佳奈絵の反応が怖くて、顔を上げることができない。

永遠にも思える時間が過ぎ、やがて小さく佳奈絵が言った。

「季湖さんは悪くないですよ」

落ち着いた、優しい声だった。

「……でも。……バイト、辞めるって」

キッコはようやく顔を上げた。佳奈絵は、少し困ったような顔をして珈琲を一口飲むと、カップをかちりとソーサーに置いた。

「彼が嫉妬深いだけです。こっちの話、全然ちゃんと聞いてくれないし。落ち着いてから考えてみたら、彼に私のバイトのこと、とやかく言われる筋合いないし」

佳奈絵はそこで一度言葉を切ってから、今度は寂しそうに付け加えた。

「でも……、クォーツに行くのはちょっと、気まずくなっちゃいました」

キッコの胸が、鈍く痛んだ。

「わたし……、えいちゃんに、きつく叱られた」

キッコが打ち明けると、佳奈絵はえっ、と目を見開いて、驚いた表情を見せた。

「店長が怒るところなんて、見たことないです。いつも、優しいから……」

「そのえいちゃんがちゃんと叱ってくれたから、わたし、自分がしたことの重大さに気づくことができた。佳奈絵ちゃん、本当に、ごめんなさい」

そこでキッコはもう一度、頭を垂れて謝った。

「顔を上げてください。お茶、冷めちゃいますよ」

柔らかい笑顔でケーキにフォークを刺す佳奈絵を見て、キッコはようやく、少しだけ心が軽くなった。カシスティーを飲んでから、淀《よど》む感情を吐息に乗せた。

それから会話を探すが、キッコは言葉に詰まってしまう。頭を絞って結局口から出たのは、就活の話だった。

「……どんなところを受けようとか、考えてるの？」

すると佳奈絵の表情に、再び影が差した。

「本当は就活なんか、したくないんです。でも、まわりの友達がひとり残らず始めて、取り残されちゃって。それに最近、もう内定もらってる子もいて。さすがにちょっと、不安になっちゃいました」

キッコは神妙に頷いた。店内のざわめきのなかに、対面に座る佳奈絵の儚げな姿が浮かび上がるような気がした。

「本当はしたくないのに……、って、しんどい、よね」

そっと探るように、キッコはそう訊いてみた。

佳奈絵は短い沈黙のあと、小さく頷いた。

キッコの背筋が伸びる。一呼吸置いて、彼女の瞳に澄んだ光が宿った。

「彼氏に言われたんです。『夢ばっか追いかけてないで、もっと現実見たら？』って」

キッコは、息を飲んだ。

「私、言い返せなくて。……それで、さっきのＯＢさんに、まずは話だけでも聞いて

「佳奈絵ちゃんのやりたいことって、やっぱり」

自分が投げかけた言葉によって佳奈絵の心が不安に揺れ動いている様子を、キッコは澄んだ瞳で視ていた。

「修行を積んで、いつか、パティシエールとして独立したい」

消え入りそうな声だった。

けれど、想いは強く、彼女の内にしっかりと息づいていた。だから佳奈絵が、

「……やっぱりおかしい、ですか？」

と訊いてきても、キッコは力を込めて答えた。

「そんなことない」

佳奈絵の表情が、わずかに緩む。

「みんな、『信じられない』って顔します。友達には『大学出といてケーキ屋とか、ありえない』って、直球で言われました」

佳奈絵は苦笑した。その感情が、どこか心細げに震えている。

キッコは思わず口を開いた。

「佳奈絵ちゃんは」

「え？」

「どうして、パティシエールを目指そうと？」

佳奈絵の想いが、淡く幸福に満ちた波長で満たされていく。キッコは目を見開いた。

「ケーキは人を、幸せにできるんです。店長がそれを……、教えてくれたんです」

「えいちゃんが？」

「一年くらい前だったかな……。私、彼氏と、それまでで一番すごい喧嘩、したことがあって」

珈琲のカップを口に運んでから、彼女は続けた。

「もう別れるしかないのかな、っていうくらい滅茶苦茶《めちゃくちゃ》で。どうしたらいいのか、分からなくて。記憶もあんまりないんですけど。部屋に閉じこもってても病んじゃうし、あてもなく外を歩いてたんです。……そのとき、偶然見つけたクォーツのケーキが、すごく美味しくて、ずっと分からなかった自分の感情が、戻ってきたんです。人心地がついた、っていうのかな」

キッコは自分も少し救われたような気持ちになって、相槌を打った。

「そしたら店長が一生懸命、嬉しそうに製菓のこと、話してくれて。私、ファンになっちゃったんです。想いを込めて作ったケーキで誰かを元気にできる。そのことに、すごく憧れて、尊敬して」

　佳奈絵はそこで、少し照れくさそうに笑った。

「小さいとき、『ケーキ屋さんになりたい』なんて、お決まりの夢を口にしてたこともあって……、クォーツに惚れ込んだ勢いで、バイトの面接、申し込んだんです」

「素敵なエピソードだね」

　優しく頷くキッコに向けて、佳奈絵は熱っぽく語りかける。

「初めて会ったときから、店長は『ケーキ屋さんになること』の本当の意味っていうのかな……、その大変なところも含めて、ちゃんと教えてくれました」

「大変なところ？」

「案外、力仕事だっていうこと。どうやって学んで、どうやって仕事を見つけるのか。同じ製菓でも、パティスリーやホテル、レストランで、それぞれ働き方が違うこと。経験が浅く後ろ盾もないパティシエールが、この業界で、どうやってひとりで生き抜いていけるのか。……店長は、製菓を本当に愛してるんです。だからこそ、同じ道に興味を持った私に、包み隠さず誠実に、全部教えてくれました」

「……えいちゃんらしい」

「バイトの面接のときって、いろいろ質問して、相手の答えから、その人がどんな人か見極めようとするじゃないですか」

「うん」

「私の面接なのに、店長がずっと喋《しゃべ》ってたんですよ」

可笑しそうに言う目の前の佳奈絵を見て、一生懸命喋る瑛介の姿を思い浮かべて、キッコはくすりと笑った。

「店長のケーキ、本当にすごいんです。世界観がしっかりしてるけど、独りよがりじゃなくて、ちゃんと食べる人のほうを向いてて。丁寧ですごく優しいんですけど、ただそれだけじゃなくて、ところどころに独特のセンスが光ってて……」

今やキッコは、理解していた。

自分はあのとき、佳奈絵の『瑛介のケーキに対する想い』を『瑛介への恋心』だと、勘違いしてしまったのだ。改めて自らの浅はかさを恥じた。

佳奈絵の熱弁が一段落したところで、キッコは決死の思いで、訊いてみた。

「……クォーツのバイト、辞めちゃうの？」

「いいえ！　来週からまた、シフト入れてもらいました」

安堵のあまり、椅子から崩れ落ちそうになった。黙っていると泣きそうになるので、矢継ぎ早に訊いた。

「卒業したら、やっぱり就職？」

佳奈絵は手元のケーキの皿を見つめたまま、すぐには答えなかった。

やがて視線を上げると、少し寂しそうな顔で、ぽつりと答えた。

「……どうかなぁ」

＊＊＊

翌週、キッコはひとりでクォーツを訪れた。

出迎えてくれた瑛介は一瞬、ぎこちない笑みを浮かべたが、すぐにいつもの穏やかな表情に戻った。幸い、店内に他の客はいなかったので、キッコは彼の前まで進み出ると、深々と頭を下げた。

自分が傲慢だったことを反省し、佳奈絵には先に謝ったことも付け加えた。そして佳奈絵から、彼女と瑛介が大切にしている製菓への想いを教えてもらい、自分の浅慮に気づくことができた、と伝えた。

「分かってもらえたなら、それでいいよ。キッコちゃん、顔を上げて」

白いコック帽を手で押さえて、お返しのように瑛介も頭を下げた。

「僕もごめん。怒りすぎた」

あの日以来、瑛介はひなた食堂に顔を出していなかった。仕事が忙しかったこともあるが、彼いわく『引っ込みがつかなくなった』のだそうだ。

そのとき、入り口ドアのベルが鳴った。

「……佳奈絵ちゃん！」

瑛介とキッコが、同時に声を上げる。

照れたようにはにかむ佳奈絵と瑛介が遠慮がちに視線を交わす様子を見て、キッコはすぐに、この場から退場しようと思った。

ふたりに会釈をして、店の出口へと向かう。

「季湖さん！」

すると背中に、声がかかった。足を止めて振り返ると、佳奈絵が前のめりになって、こう言ってくれた。

「今度、ひなた食堂に遊びに行きます！」

キッコはにっこり笑って、クォーツをあとにした。

＊　＊　＊

自らの過ちを認め、瑛介と佳奈絵に謝罪してそれを受け止めてもらったキッコの心に、少しずつ晴れ間が広がってきた。

ひなた食堂での日々は、平穏そのものである。

けれどもキッコのなかに、一片のしこりのような、小さな違和感が残っていた。

『卒業したら、やっぱり就職？』

『……どうかなぁ』

寂しそうに笑う佳奈絵の顔が浮かび、キッコの胸がきゅっと締め付けられた。

そのとき、がらりと店の戸が開く。思わず目を向けるが、立っていたのは初老の男性のひとり客だった。

「い、いらっしゃいませ。こちらへどうぞ」

その日は、いまひとつ集中できなかった。おしぼり、水の出し忘れや、最近では滅多にやらないオーダーミスまで起こしてしまい、キッコは内心落ち込んでいた。

時刻は夜の九時半。客は帰り始め、クローズへ向けて気持ちが傾いていく。

そこへまた、控えめに戸が開く音がした。キッコはお腹に力を入れ直して笑顔を浮かべ、来客を出迎える。

暖簾をくぐってぺこりと頭を下げたのは、見知った顔だった。

「……佳奈絵ちゃん」

「へへ、来ちゃいました」

「どうぞ、カウンターでいい？」

上着を脱いで頬を紅潮させる佳奈絵に、厨房の奥からまひろが小さく黙礼した。

「……ねぇねぇ季湖さん、あの人が店長さん？」

「うん。目つき怖いけど、心配しないで」

佳奈絵は小声で笑いながら、メニューに目を落とした。

「ウーロン茶と……、あ、定食もできるんですね」

「ご飯、お味噌汁、お漬物に、小鉢がつくよ。メインは夜ならいろいろできるから。食べたいものある？」

「うーん。お魚の気分かなぁ」

「お刺身定食？　今日は美味しいスズキが入ってる」

佳奈絵は可愛らしく眉根を寄せた。

「悩むなぁ……、生野菜も食べたいし……」

厨房から出てきたまひろが、和帽子のふちを手で押さえながら、静かに言った。

「鮮魚のカルパッチョで、サラダテイストにしましょうか？」

それを聞いた佳奈絵は、ぱっと顔を輝かせて頷いた。

まひろは口元に笑みを浮かべると、こちらに背を向け仕事を始める。キッコは他の客の会計とテーブルの片付けをこなしてから、カウンターに舞い戻ってきた。

「すごい、季湖さんカッコいい」

「ありがとう」

キッコはウーロン茶を出すと、一拍置いて、訊いてみた。

「……あれから、バイト、どう？」

最後にクォーツを訪れたときに見た、瑛介と佳奈絵がはにかむように交わしていた視線を思い起こす。

「いろいろ、悩むこともありますけど……、なんとかやってます！」

そこへ、まひろの控え目な声がかかる。

「キッコ、頼む」

頷いたキッコは、提供台から定食のお盆を取り、佳奈絵の前に置いた。

「お待たせしました」

「……わぁ！　きれい……」

メインの皿には水菜やスライスオニオン、薄く切った赤と黄のパプリカが敷かれ、その上に透明感のある鮮魚の切り身がまるで花びらのように美しく盛られている。岩塩、黒胡椒《こしょう》が少し、加えて乳白色に仕上げた特製ソースが全体にかかっており、細かく砕いたフライドガーリックが程よく散らされている。

いただきます、と手を合わせてから、佳奈絵が箸を取り、スズキの切り身と野菜をソースに絡めて一緒に口に運んだ。

ガーリックの香ばしさが鼻に抜ける。カリッとした食感。野菜の瑞々しい歯ごたえ、続けて、新鮮なスズキのぷりぷりとした身が、口のなかで弾ける。

特製ソースはほどよくビネガーが効いており、見事に素材をまとめ上げている。

「……美味しい！　爽やかなんだけど、濃厚……。ふしぎ！」

噛みしめるように、彼女が言った。

「このソース、すごい……。あ、レモンの香りもします」

佳奈絵の大きな瞳にまっすぐ見つめられて、まひろは照れたように視線を横にずらしながら口ごもった。

「……正解です」

「味だけじゃなくて、見た目も彩りもきれい……」

その美しさを崩すのを惜しむような顔をしてから、佳奈絵は箸を進め、一口ごとに違う野菜と鮮魚を楽しんだ。

料理が半分ほどに減ったところで、彼女はウーロン茶を飲んで一息つくと、カウンター越しにまひろに訊いた。店内の客はもう、彼女ひとりだ。

「……店長さんはどうして、料理人になろうと思ったんですか？」

俯いて調理台の片付けをしていたまひろは手を止めた。少し顔を上げて目を泳がせたが、なにも言わずにそのまま作業を再開する。

「たぶんまだ考えてる」

傍で見ていたキッコが補足したとき、ようやくまひろが口を開いた。

「……まぁ、いろいろあって」

またしても沈黙したまひろに、キッコが肩をすくめる。

「それじゃ分かんない」

するとき佳奈絵が、遠慮がちに付け加えた。

「このお料理を見たとき、驚きました。店長の……。あ、クォーツの店長の……、ケーキを初めて見たときと、同じだ！　って……、なぜか思ったんです。だから、訊いてみたくて」

それを聞いた途端、まひろはどこか眩しそうな顔をした。それからしばらくして、観念したように、ぽつりぽつりと話しだした。

大学四年の秋に、都内の上場企業から遅い内定をもらったこと。

その直後に父が脳梗塞で倒れたこと。

たったひとつの内定を蹴って、ひなた食堂を支える決心をしたこと。

自分は、父が再び厨房に立てる日までを繋ぐ『店長代理』であること。

「……だけど」

まひろがそこで、言葉を切った。

喋る速度はゆっくりだが、こんなにもたくさんの言葉を紡ぐまひろを、キッコは初めて見た。

「この仕事を通じて、自分が成長できたことを実感してる。それに、たくさんの人と知り合いになれたのも、ここで料理人になったから」

まひろはちらりとキッコを見てから、佳奈絵に向き直った。

「今は……、この仕事を、もっと深めていきたいと、思ってる」

キッコの胸が熱くなる。なぜか鼻の奥がツンと痛み、視界が薄く滲んだ。

「この通り、俺は」

そんなキッコの様子に気づかないまま、まひろが続ける。

「人と話すのが苦手だけど……。料理を通じてなら、誰かを元気づけることだって、できるかもしれない。それが嬉しいから……、もっと腕を上げたいと思ってる」

一息にそう言うと、我に返り、喋りすぎたことを恥じたのか、まひろはそそくさと厨房の奥に引っ込んでしまった。

「……教えてくださって、ありがとうございます」

佳奈絵がまひろの背中に向けて、礼を言う。

思いつめたようなその表情を見て、キッコは逡巡した。思わず反射的に、自分の胸元にあるペンダントに、服の上から触れた。

「……」

これまでの失敗が、いくつもフラッシュバックする。

降り積もった時間で見えなくなっていたものもあるが、そこには消えない傷がある。

キッコは口を引き結んだ。

これは、傲慢だろうか。

厨房の奥に見え隠れする、まひろの背中に目をやる。彼は仕事場の整理に集中しており、こちらを見ていない。

わたしは今、冷静だろうか。

キッコは震える手で、胸元からペンダントを取り出した。赤い宝石を見つめる。

『鳥が空を飛ぶことを、悪いって言うヤツはいないだろ。それと同じさ』

あの夜の海で聞いたまひろの声が、耳の奥で響いた。

「……わ、それ、季湖さんの？」

佳奈絵が気づいた。

キッコの肩がぴくりと震える。顔を上げて、佳奈絵を見つめる。

その眼差しを受けて、佳奈絵は不思議そうに首を傾げた。

「……？」

キッコはあごを引いた。赤い宝石を右手に握り締め、佳奈絵の隣に座る。

「ここに、手を重ねてみて」

突然そう言われて、佳奈絵は困惑する。しかし、キッコの真剣な表情を見てなにかを感じ取ったようだ。素直に、それに従った。

キッコの手の甲に、佳奈絵が左手を重ねる。

「えいちゃんのケーキのこと……、考えてみて」

佳奈絵が戸惑うように、キッコを見た。まっすぐな視線を返されて、たじろぎ、それからしばらくして彼女は決意したように、自分の手を見た。

音もなく、重ねたふたりの手から、きらめく光が溢れ出す。

「わ、わ、わ！　なにこれ」

慌てふためく佳奈絵。キッコが穏やかに言った。

「キラキラしてる。……すごく、綺麗」

ふたりの顔が、その煌めきに照らされる。

「それじゃあ今度は……、いつか佳奈絵ちゃんが作る……、佳奈絵ちゃん自身のケーキのこと、考えてみて」

「……え？」

佳奈絵の顔に、脅《おび》えに似た表情がよぎる。キッコは慈しむようにゆっくりと頷いて、彼女を見つめた。

「……私の？」

「そう」

キッコが頷き、佳奈絵は口を引き結ぶ。

やがて彼女は両目を閉じて、ふぅ、と息を吐いた。緊張で強張った顔が少しずつ解きほぐされてゆき、どこかリラックスした表情になった。

そのとき、握りしめたキッコの手のなかに、先ほどとは違う種類の光が弾けた。

「ほら、見て」

キッコの声に、佳奈絵が目を開いた。

「……わぁ」

それはまるで……。

「水平線……。朝日……。水面に跳ねる……。眩い光」

連想する光景を、キッコが言葉にしてゆく。佳奈絵は夢見心地でそれを見て、耳を傾けている。

「たぶんこれから太陽が昇って……、いろんな光に変わっていく」

キッコはそう言って、佳奈絵を見た。

「季湖さん……、これって……」

彼女の問いには答えずに、微笑みかける。

「とっても、綺麗」

「……うん」

「ちっとも、おかしくなんかないでしょ？　キッコが自分に見せてくれたものが何なのか、佳奈絵には分かるような気がした。

彼女はゆっくりと、しかし力強く、頷いた。

「……誰かを、元気にできるかもしれない」

独り言のように呟いてから、佳奈絵は恍惚《こうこつ》とした瞳でキッコの顔を見た。

「季湖さんって、不思議なひと……」

「魔法使いなんだ、わたし」

キッコがどこか冗談めかして、それでいて飄々《ひょうひょう》と言った。

佳奈絵が手を離し、やがて宝石の光は小さくなって消失した。キッコが手を開くと、もとの赤い雫型の宝石が現れる。それを胸元に戻しながら、彼女はぽつりと言った。

「やっぱり、おかしい？」

「そんなことないです！　だって……」

佳奈絵の目が輝いている。

「季湖さん、すごくカッコいい。それに、店長さんも」

彼女は身を乗り出した。

「『自分はこうだ！』って。……私とは、違って」

最後にそう呟いた佳奈絵の声は、沈んではいなかった。

忘れていたなにかを思い出したかのように、彼女の瞳は力強く、未来へと向けられている。

＊＊＊

二週間後、ひなた食堂の定休日。

キッコとまひろのふたりは、江の島を散策していた。

「今日は空いてる」

島の入り口にある青銅の鳥居をくぐり、弁財天仲見世通りを歩きながら、キッコが言った。

「平日の午前中だからな」

家族連れは少なく、いるのは元気な高齢者に、時間のある大学生、というところだろうか。

「あれ、乗ってみたい」

朱の鳥居の下で、キッコが指差す先に、エスカー乗り場がある。

「ただのエスカレーターだぞ」

「知ってる。せっかくの休日なんだし、あえて乗りたい」

キッコのアルバイト代で買ったチケットで、ふたりはエスカーに乗って、中津宮広場まで来た。

大きな木の幹が目に入る。

「『むすびの樹《き》』だって」

途中で切られて枝葉はないが、二本の幹に太いしめ縄が渡されている。

『二つの幹が一つの根で結ばれる御神木』と書かれた立て札があり、御神木の根本にある絵馬掛けには、ハートが描かれたピンク色の絵馬が大量に飾られている。近づいて見れば、恋人たちが名前を書いて奉納しているのだと分かった。

「まひろ、飾ったことある？」

「……ない」

即答する彼の背中を、キッコはぽんと叩いた。

「相手が見つかるといいね」

さらにエスカーを乗り継ぎ、江の島シーキャンドルを横目に歩いていると、突然背後から声をかけられた。

「季湖さん！　店長さん！」

振り返って、キッコは目を丸くした。

「佳奈絵ちゃん」

小さな麻のトートバックを提げた、キュロットスカート姿の佳奈絵が、目をきらきらさせてこちらを見ている。

「すごい！　偶然ですね！　今日は、デートですか？」

さらりと訊いてきた佳奈絵に、まひろが言葉に詰まって口ごもっている。キッコは愛想笑いを浮かべて、明るく言った。

「お店が休みだから、お昼ごはんがてら散歩してる。佳奈絵ちゃんは？」

「大事な用があって来たんです！　すぐそこですから、良ければご一緒しませんか？」

心なしか頬を紅潮させ、佳奈絵が楽しそうに言う。断る理由もなかったので、三人で先へ進むことになった。

御岩屋道通りを抜け、奥津宮から緑の生い茂る横道へと入っていく。細い道の向こうから一組の男女が歩いてきて、キッコたちとすれ違った。

「ここです、着きました！」

少し開けた場所に出た。

背の高い、深緑色のオブジェ。中心には鐘がぶら下がっているのが見える。鐘のまわりにある金属製のフェンスには、なにか小さなものがびっしりと結びつけられているように見える。

「……『龍恋《りゅうれん》の鐘《かね》』？」

龍と天女が描かれた説明書きのボードを読むキッコの傍を離れて、佳奈絵が金属製のフェンスに顔を近づけて、なにかを探している。

「このへんだったかなぁ……。違う、海側だったかな……」

顔を上げれば、茂る緑の向こうに美しい水平線が見えた。

「あった！　ありました、季湖さん！」

嬉しそうに呼ぶ佳奈絵のもとに駆け寄ると、彼女はどこからか取り出した小さな鍵を、『見つけた』という南京錠《なんきんじょう》に差し込むところだった。よく見ればフェンスには、同じような無数の南京錠が掛けられているのだと分かった。

錆《さ》びているのか、少々手こずってから解錠に成功した南京錠をフェンスから取り外し、佳奈絵はそれを手のひらに載せて苦笑した。

「これを、外しに来たんです」

南京錠には油性ペンで『遼平《りようへい》・佳奈絵』と名前が書いてある。

「もしかして……」

遠慮がちに訊いたキッコに、佳奈絵が笑いかけた。

「『龍恋の鐘』は江の島の恋愛スポットなんです。カップルで名前を書いた錠前を掛けて鐘を鳴らすと、永遠の愛が叶《かな》うっていう……」

隣でまひろが、居心地悪そうにしている。この手の話題が苦手な彼らしい。

「え、でも……」

佳奈絵の手にある外された南京錠を見て、キッコはひとつの答えに行き着く。

「別れました！　彼氏と」

底抜けに明るい声で、佳奈絵が言った。

「一緒にこれ掛けに来たの、もう二年くらい前なんです。たぶん彼はこんなの、覚えてないだろうし……。本当はひとりで外すつもりでしたけど、いざ江の島まで来てみると、なんだか気が引けちゃって。季湖さんと店長さんに会えて良かったです。付き合ってくださって、ありがとうございました」

屈託なく笑う佳奈絵に、キッコはどう言葉を返したものか分からず口ごもる。まひろに至っては完全に背を向けて、水平線を眺めるふりをしている有様《ありさま》だ。

「なんて言えばいいか……」

「あ！　ごめんなさい！　全然、深刻じゃないんです。むしろ、スッキリしたっていうか。だから本当に、感謝してるんです」

佳奈絵は微笑んでから、なにかを思い出したように両手をぽんと合わせた。

「季湖さん、わたし、パティシエールになります！」

「……え？」

「ふふ、いきなり、ごめんなさい。でも、ずっと考えてたんです。あの日、カフェで季湖さんに会ったときから」

まひろがこちらを振り返った。佳奈絵は続ける。

「製菓学校に入ること、決めました。クォーツで働きながら経験も積んで、いつかはフランスで修行してみたいんです」

彼女は、手にした南京錠を見つめた。

「だからこれは……、わたしにとっての第一歩」

キッコの瞳に透き通った光が弾ける。佳奈絵のなかから溢れ出る、新しい可能性に満ちた想いをはっきりと〝視た〟。その前途洋々とした清々《すがすが》しさを目の当たりにして、キッコの胸の奥にわずかに残っていたつかえが、いつの間にか消えていた。

そこで佳奈絵は、まひろに向き直って、ぺこりと頭を下げた。

「ありがとうございました。季湖さんと店長さんのおかげです」

「……い、いや。俺はなにも」

戸惑うまひろに向けて、佳奈絵がにっこりと笑った。

「ほんの少し『元気づけて』もらったんですよ」

＊

「せっかくのお休みなのに、お邪魔しちゃって、すみませんでした」

「帰っちゃうの？」

「はい！　それじゃあ、また！」

佳奈絵は晴れやかな表情でそう言うと、背を向けて、来た道を帰って行った。

何回か振り返ってこちらに手を振る彼女を見送ってから、キッコとまひろは、どちらからともなく歩き始めた。

「すごいね、まひろ」

「なにがだよ」

「料理で、佳奈絵ちゃんの心を動かしちゃうなんて」

「そう言うお前だって、俺が見てない間になにか、したんじゃないか？」

「……な、なんのこと」

目を泳がせ、唇を尖らせてスースー音を出しているキッコを見て、まひろは、ふんと鼻を鳴らした。

「やっぱりな」

「ひど。カマかけた」

「自爆しただけだろ」

そんなやり取りをしつつ、ふたりは来た道をすぐに戻る気になれなかった。

『龍恋の鐘』を通り過ぎ、奥へと向かう。するとそこは頭上にも緑が生い茂り、木漏れ日が降り注いでいた。

そのとき唐突に、キッコは既視感を抱いた。

「ちょっと待って。わたし、ここ……、知ってる……」

立ち止まったキッコは、ゆっくりと辺りを見回す。

「初めて来たはずなのに……」

そう呟いて熱に浮かされたように歩き出したキッコを、まひろは慌てて追いかけた。

「似たような場所の記憶と、混ざってるのかもな」

カーン、という、大きな音が響き渡った。誰かが『龍恋の鐘』を鳴らしたのだろう。

それを耳にした途端、キッコがはっと顔を上げた。

「やっぱり……、知ってる」

周囲に視線を巡らせ、やがて彼女は、大きな木の下にあるベンチを見つけ、そこに腰掛けた。

「……いつだろう。ここに座って、泣いてた気がする。そのとき、あの鐘の音が聞こえた……」

何気なく顔を上げて、まひろを見た。すると彼は、なぜか狐につままれたような顔をしている。

「どうしたの？」

そう訊いたキッコの顔を、まひろはじっと見つめた。

「俺も……、知ってる」

「どういうこと？」

「このベンチに座って泣いてたヤツを、知ってる」

まひろは、夢でも見ているかのような声で続ける。

「そいつも、それから俺自身も……、まだ子どもだった」

今度はキッコが、呆《ほう》けたような顔をしている。

「わたし……、小さいとき、ここで迷子になった」

「そして俺は、ここで迷子を見つけたんだ。泣いてばかりで話にならないから、交番に連れていこうと思って、それで……」

キッコがベンチから立ち上がった。

「交番……。なんとなく、覚えてる。両親が迎えに来てくれたことも。江の島のなかに、交番があるの？」

「あぁ。最初のエスカー乗り場の、すぐそばだ」

「でも……、だったら、ここまで来た道を戻って、交番に行ったってこと？　途中の道の記憶が、全然ない」

「それは、たぶん……」

まひろは来た道のほうを見てから、振り返って言った。

「すぐ分かる。こっちだ」

歩き出した彼を、キッコは慌てて追った。

奥津宮を通り過ぎ、御岩屋道通りへと戻る。飲食店や土産物屋が立ち並ぶなかに、細い横道があった。来たときは気づかなかったが、細い石杭《ぐい》のような道標が立っており、そこには『下道』と刻まれている。

まひろは迷わずその細道に入った。

御岩屋道通りの賑わいから一転、樹木に囲まれた薄暗い道に、人通りはほとんどない。

ふたりは、綺麗な石畳が敷かれた道を、黙って下ってゆく。

途中、茂みの切れ目から、青く澄んだ海と空が見えた。

キッコは息を弾ませながら、前を行くまひろの背中を見る。普段、厨房の奥に見える背中とは、少し雰囲気が違うような気がした。けれども、どれだけ集中してその背中を〝視よう〟としても、上手くいかなかった。

大股に歩くまひろとの距離が大きくなってゆく。キッコは慌てて駆け寄ると、後ろから彼の袖口をちょんと指先でつまんだ。

「もっと……、ゆっくり。そのほうが、思い出せるかも」

まひろは立ち止まり、振り返った。彼の瞳に、澄んだ光が揺れている。

次の瞬間、まひろの袖口を摑むキッコの手を、彼が握った。そのままキッコの手を引いて、再び歩き始める。

手を引かれて歩きながら、キッコは不思議な感覚を味わっていた。

自分はこの道を、こうして誰かに手を引かれながら、歩いたことがある。確信に似た想いが、身体の奥から湧き上がってくる。

小さな橋の下をくぐると、朱の鳥居の真横に出た。

「……ほら、ここだ」

まひろが示した左手側を見ると、鳥居の根本、横道に隠れるようにして、こぢんまりとした交番があった。キッコはまじまじと、その外観を眺める。繋いだまひろの手から、ぬくもりが伝わってくる。キッコは浅く頷いた。

「覚えてる。わたし……、ここに来たことがある」

隣に立つまひろが、ぽつりと言った。

「あれは……、お前だったのか……」

ふたりはしばらく呆然と、その場に立ち尽くした。

やがて我に返り、どちらからともなく、繋いだ手を離した。そして、お互い顔を見合わせると、苦笑を浮かべる。

「どんな偶然だよ」

「わたし、まだ信じられない」

瞬き三回分くらいの時間、ふたりは見つめ合った。

「……とりあえず、飯でも食うか」

「そうだね」

*

手近な食堂に入り、キッコとまひろは昼食を取った。

食事の間、会話はあまり弾まなかったが、普段通りといえば普段通りだ。

ふたりとも、突如判明した思いがけない事実について、自分のなかで反芻しながら想いを巡らせていた。

一時間後、ふたりは店を出た。

観光客が流れ込んでくる弁財天仲見世通りを戻り、江の島大橋を渡りながら、キッコは振り返った。

この小さな江の島で、自分は子どもの頃、まひろと出会っていたのだ。

自然と言葉が、こぼれ落ちた。

「ありがとね……。迷子のわたしを見つけて、連れてってくれて」

隣を歩くまひろは、海のほうを見たまま、ぶっきらぼうに答えた。

「号泣してて、埒《らち》が明かなかったんだろうな」

「う……」

「気弱な俺が、放っておけずに声をかけるくらいに」

キッコは恥ずかしくなって、口を尖らせてまひろの脇腹を小突いた。

「なにさ。人が真面目にお礼言ってるのに」

「でも……、良かったよ。あのとき、助けておいて」

「……え？」

「それが巡り巡って、なのかは分からんが……、現に今こうしてお前が、ひなた食堂を支えてくれてるからな」

まひろがそう言って、少し笑った。

キッコはそんな彼の横顔を見て、微かに胸が疼《うず》くのを感じた。咄嗟に、彼女の瞳に透明な光が弾ける。

普段は決して読み取ることのできない、まひろの感情。キッコの特別な力をもってしても、なぜか〝視る〟ことのできない、彼の想いの波長。

それなのに今、目の前にいるまひろの感情が波紋のように、微かに揺らいだような気がした。

この感じを……、知っている。前にも同じように、感じたことがある。

そうだ。あの日だ。

人気のない夜の砂浜。ひとり逃げて泣いていた自分を見つけ出して、手作りのご飯を持ってきてくれた。それを食べているとき、傍にいる彼から、同じような感情の波形を感じたのだ。

キッコはなんだか胸が熱くなった。

彼の想いの形は、意識して摑もうとすればするほど捉えどころがなく、気を抜けばあっという間に霧散してしまいそうな、儚い輪郭をしている。

「わたし、思った」

そんな言葉が、口をついて出る。

「まひろのおかげで、もう、嫌いにならなくて済みそう。……自分の力のこと」

まひろが面食らったような顔でこちらを見た。そしてすぐに、明後日の方向を向いてしまう。

「俺はなにも……、してねぇよ」

「ありがとう、まひろ」

並んで歩くふたりの髪を、潮風が撫でる。

キッコはもう一度、彼の横顔を見上げてみた。なぜか、いつもと少し違って見える。

そっと、自分の胸に手を当てた。

温かいような、ほんの少し、息苦しくなるような……。今まで感じたことのない想いの存在を、おぼろげに認めた。

「まひろは……、面白い」

「なんだよ、いきなり」

キッコは、くすりと笑ってみせた。

「べつに？　こっちの話」

「誰よりも面白いお前には、言われたくない」

「褒められた？」

「褒めてない」

笑いながら、キッコは服の上から胸元のペンダントトップにそっと触れた。

それから背伸びをして、空を仰ぐ。

目を転じて海の向こうを見れば、傾き始めた陽の光が海原に眩く跳ねている。

キッコは大きく息を吸い込んだ。

優しい波の音に包まれながら、ふたりは並んでひなた食堂へと帰っていった。

ひなた食堂のざっくりレシピ

ひなた食堂のレシピは、まひろの気分次第。
食べたいものを好きなだけ入れるのも、おいしさの秘密です。
家で作るなら、ハヤシルーはレトルトでも、最高！
生姜焼きのタレには、おろしニンニクをいれても美味しいんですって。

仲直りのオムハヤシ

①. 玉ねぎをみじん切りに、鶏もも肉は1センチ角に切る
②. 熱したフライパンにバターを溶かし、1を入れて炒める
③. ご飯を加えたら、照りが出るまで炒め合わせる
④. 火を弱めてケチャップを加え、すばやく混ぜ合わせる
⑤. 4を皿に盛り、形をととのえる
⑥. 新しいフライパンに油を引いて強火で熱し、煙が出てきたら溶き卵を流し入れる
⑦. 卵が半熟になったらフライパンを傾け、5の上につるんとすべり落とす
⑧. 別鍋に作ったハヤシルーを7にたっぷりまわしかける
⑨. パセリ、茹でたブロッコリーや人参などを添えて、完成!

あの日の生姜焼き

①. 酒、みりん、砂糖、醤油、おろし生姜の合わせダレを作る
②. バットに1と薄切りにした玉ねぎ、豚ロース肉を浸して、冷蔵庫で1時間おく
③. キャベツを洗ってこまかな千切りにし、皿に盛っておく
④. フライパンに油を引いてよく熱し、豚ロース肉を片面ずつじっくり焼く
⑤. 玉ねぎを加えて火を強め、バットに残ったタレも投入する
⑥. 程よく照りが出たら火を止めて、豚肉と玉ねぎを皿に盛る
⑦. フライパンに残ったタレを軽く煮詰め、
6にとろりとかけて、完成!

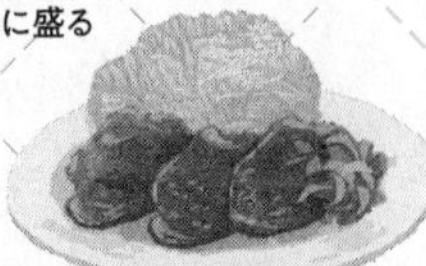

あとがき

人は他者との関わりのなかで生きるものです。

自分の言動が相手にどう受け取られたか、相手がいまなにを思っているのか、それを気にせず生きることは難しい。

そのために悩んだり、想いを募らせたり、相手の感情を自分勝手に想像して落ち込んだり。なんとも目まぐるしくて、傍《はた》から見れば滑稽かもしれないけれど、それこそが人間の尊さ、愛おしさでもあります。

自分自身の感情すら正しく把握できない私たちには、他者の心を完全に理解したり、自分と相手の想いを正確に比べることなど、できるわけがありません。

だからこそ言葉を尽くし、相手の言葉に耳を傾け、ときには触れ合って、なんとかそれを知ろうとする。やっと摑んだ微かな「手応え」を大切に握りしめたとしても、それはすぐに消えてしまう……。

でも。

もしも、他者の『心のさざめき』のようなものを、感じ取ることができたら……。

私たちはそれをどう受け取り、どう扱えばよいのでしょうか？

そんなことをぼんやりと考えていたら、新顔の登場人物たちが頭のなかに浮かび上がり、なにやら会話を交わし始めました。どうやら彼らのストーリーは、江の島を舞台に繰り広げられるようです。

どうか、楽しんでいただけますように。


最後に謝辞を。

度重なる改稿作業に根気よく付き合ってくださった、由田様。その的確な指摘のおかげで行き詰まっていた視界が広がり、前に進むことができました。

透明感のある美しい装画を手がけてくださった、げみ様。帯に載せる料理のカットも描いてくださり、パッケージの魅力がぐっと増しました。

日々の充実した仕事に一緒に取り組む、かけがえのない仲間たち。

執筆の支えとなってくれた、大切な家族。

そして、本書を手に取ってくださったすべての皆様。

心からお礼申し上げます。ありがとうございました。

二〇二一年十一月

中村《なかむら》 一《はじめ》

＜初出＞
本書は書き下ろしです。

メディアワークス文庫

江《え》の島《しま》ひなた食堂《しょくどう》

キッコさんのふしぎな瞳《ひとみ》

中村《なかむら》 一《はじめ》

2022年1月25日　初版発行

発行者　青柳昌行
発行　株式会社KADOKAWA
〒102-8177　東京都千代田区富士見2-13-3
0570-002-301（ナビダイヤル）
装丁者　渡辺宏一（有限会社ニイナナニイゴオ）
印刷　株式会社暁印刷
製本　株式会社暁印刷

●お問い合わせ
https://www.kadokawa.co.jp/（「お問い合わせ」へお進みください）
※内容によっては、お答えできない場合があります。
※サポートは日本国内のみとさせていただきます。
※Japanese text only

※定価はカバーに表示してあります。

Printed in Japan
ISBN978-4-04-914090-3 C0193

メディアワークス文庫　https://mwbunko.com/

本書に対するご意見、ご感想をお寄せください。

あて先
〒102-8177　東京都千代田区富士見2-13-3
メディアワークス文庫編集部
「中村 一先生」係

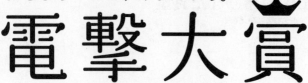